与小方同行

方济书题

冯雪松

著

图书在版编目（CIP）数据

与小方同行 / 冯雪松著 . -- 北京 : 新世界出版社 , 2025. 8.
ISBN 978-7-5104-8182-6

Ⅰ . I267.1

中国国家版本馆 CIP 数据核字第 2025FB9442 号

与小方同行

作　　者：冯雪松
责任编辑：李莎莎
责任校对：宣　慧
装帧设计：贺玉婷　魏　文
责任印制：王宝根
出　　版：新世界出版社
网　　址：http://www.nwp.com.cn
社　　址：北京西城区百万庄大街 24 号（100037）
发 行 部：（010）6899 5968（电话）　（010）6899 0635（电话）
总 编 室：（010）6899 5424（电话）　（010）6832 6679（传真）
版 权 部：+8610 6899 6306（电话）　nwpcd@sina.com（电邮）
印　　刷：北京盛通印刷股份有限公司
经　　销：新华书店
开　　本：787mm×1092mm　1/16　尺寸：170mm×240mm
字　　数：250 千字　印张：18.25
版　　次：2025 年 8 月第 1 版　2025 年 8 月第 1 次印刷
书　　号：ISBN 978-7-5104-8182-6
定　　价：78.00 元

善是慧根，决定了成长的高度。方大曾，冯雪松，音韵和谐，定有前缘。你们的名字中间两个字合起来是大雪，如同人生。

迟子建

目 录

三

@方大曾　遗憾的是，长期的沉寂，使你作品的价值并没有在最初得到公众的认知，以至于一段时间，照片知音者渺渺，文字阅读者寥寥。一同在战地采访过的同行，也没有抵过命运和岁月的折磨，范长江、孟秋江憾然离世，知情者日益稀少了。

四

@方大曾　在长时间的寻找当中，我一直期望透过某种机缘，能遇见你的同学、朋友，或者有过生命交集的人。

五

@方大曾　你有一幅作品拍自天津劝业场：照片以剪影呈现；有光线的氛围中，尖顶的建筑、匆忙的行人、街头的景物和谐统一，难得的轻松感倏忽而来；平和安详中的某年某月某一天，被记录成为历史。你一定不会想到，时光走过80载，还会有后继者以致敬的方式寻踪而来。

六

@方大曾　谁也没有想到，你拍自卢沟桥前线第一现场的照片，在影像记载历史的进程中，会成为一个民族、一个国家不可磨灭的珍贵记忆。

七

@方大曾　你失踪后，大家开始并没在意，回家对于经常出门在外的你而言是早晚的事。日子久了，一年，两年，不祥之感才渐渐袭来。

八

@方大曾　一本书，浮现出你生命的痕迹；回归公众的视野，似新鲜空气使人一震。正义与良知，善良与勇敢，无私与透明，都被津津乐道。只是你的生命，像没有完成的乐章，引来一声声叹息。

九

@方大曾　人们喜欢你，因为你的青春是闪亮的。我要让更多的人知道，人品纯正、英勇无畏、善良笃定的品质在当下的珍贵。多一个人认同，就多一点温度。

十

@方大曾　与你同行的人多了：老同学的后人，新的知音，青年后继者，甚至外国人；痴迷你人格的力量，敬仰你光辉的功绩。多年来，队伍越来越壮大，我们一起已经由寻找变成了追随。

自 序

发现方大曾

2024 年 10 月，我收到 99 岁的方汉奇先生两件墨宝，一幅“发现方大曾”，另一幅“永远怀念我们的小方”，算是给我寻找方大曾 25 年的纪念。

微信里，方老师留言，“小方的业绩被你发现这件事，是你对新闻学史研究的一个重大的贡献！今年是他被发现的 25 周年！向你祝贺，向你致敬！”

方汉奇是新闻史学界的泰山北斗，桃李满天下，弟子和再传弟子，遍布各大院校新闻传播专业，都是栋梁精英。先生谦逊低调，学硕品端，曾经孤灯长夜硬是把冷板凳坐出了热学问，出版《中国新闻事业通史》，创立中国新闻史学会。

因为方大曾，我和方先生结缘；因为方先生，寻找小方被拉进学界的庙堂。每次见面，他总说，“我在精神上支持你”，我给他写微信也总是落款“方门外弟子”。

“双峰并峙，二水分流”是方汉奇给小方和长江的历史定位。正因为方汉奇先生的慧眼和支持，寻找方大曾这件事才从业内到业外，破窗跨圈，广为人知。

寻找方大曾是一个已经持续了25年的选题，它是一次关乎历史追问的行动，也是由媒体人通过影像表达进行的一次历史书写。不同于史学研究者们的纸上考古，这个选题更注重我参与、我存在、我看见的表述体验，通过感性发掘传递受众。通过历史与现实交织推进的方式，这个选题由一个偶然的开始，不断地生发成长，从而引起了一个“方大曾现象”。

我想，寻找方大曾的目的，不是功在当下，而是连接过去和未来。

一、遇见方大曾

1999年秋天的某一个下午，我在夹杂于报纸间的一页传真上第一次看到了“方大曾”这个陌生的名字。从那一刻起，这个被范长江先生念念不忘、屡次提到的年轻人引起了我的好奇。不久，在时任中国摄影出版社副社长陈申先生的帮助下，我见到了时年85岁的、方大曾的胞妹方澄敏，至今我仍然无法忘记老人无助的表情和面颊上的两行泪水。

木盒中哥哥留下的837张底片，数十年历经劫难，被整齐排列着。阳光下，一张张黑白底片，展开了60多年前的民众生活图景、抗战救亡场面和人文历史环境。不敢相信，这些珍贵的照片出自一个青年人之手。我心里有被一种力量牵引的感觉，寻找、重现消失的方大曾，就是从那刻起做的决定。

20世纪30年代中期，方大曾是中国新闻界一个响亮的名字。他1912年7月13日生于北京，笔名小方，毕业于中法大学经济系，是当时活跃在长城内外的知名记者，与范长江、徐盈等人同负盛名。

1937年七七事变爆发后，方大曾第一时间赶赴卢沟桥前线，拍摄照片，访问官兵，最先报道了震惊中外的卢沟桥事变，拍摄了大量实地照片，其中40张刊载于《良友》1937年七月号（总第130期），还撰写了长篇通讯《卢沟桥抗战记》，刊登在《世界知识》上。这些图片和文字被中外媒体广泛采用，成为世界详细了解中国抗战发端的第一手信息。他在文章中预言："伟大的卢沟桥也许将成为伟大的民族解放战争的发祥地了！"

北平沦陷后，在范长江的推荐下，上海《大公报》聘请风头正劲的方大曾为战地特派员。期间，他陆续发表了《前线忆北平》《保定以南》《保定以北》等战地通讯。

1937年8月下旬，方大曾由平汉铁路线转往西部前线采访，进娘子关，绕道太原，出雁门关，直抵晋北重镇大同。9月上旬，他在大同赶写了两篇战地通讯专供《大公报》发表，一是《血战居庸关》，二是《从娘子关出雁门关》。这些源自抗战初期的珍贵文字，今天读来，仍使人心潮澎湃。

1937年9月18日，方大曾从河北蠡县发出了《平汉线北段的变化》一文，发表在9月30日的《大公报》上。此后，年仅25岁的方大曾再无下落，他的家人连续数月通过《大公报》了解其战地足迹，终无所获。报社亦曾多处寻找小方，无果。1938年，范长江撰文《忆小方》以示怀念。

之后，战事纷乱，人事更迭，方大曾这个名字稀见报章，一度沉入了历史的忘川。

二、寻找方大曾

方大曾失踪的时候只有25岁。如彗星一般的耀亮和迅失的他在《中国摄影史》中没有独立的篇章，也没有完整的生平，关于他的描述加起来不足百字。

我对方大曾的寻找，是1999年冬天从北京图书馆的旧刊库开始的；当时在为《寻找方大曾》纪录片选题立项搜集资料。纸张发霉的味道提醒我正在面对历史，无声地排列的文字矩阵考验着诚心与耐心。

四个半月的时间里，我在20世纪30年代的书山报海中查找着方大曾的名字，每查到一次就欣喜一回。当《卢沟桥抗战记》《奋勇杀敌的二十九军》《集宁防空演习》《血战居庸关》《抗战图存》《日军炮火下之宛平》等一篇篇通讯、一幅幅照片被陆续找到后，我将所述地点拼接排列，小方的战地足迹隐约浮现。

我曾经给当年方大曾出现过、采访过的地方发去信函，希望找到线索、信息或者得到帮助，但石沉大海，均无回音。

纪录片立项后，2000年8月，我一个人或火车或汽车或步行，从保定、石家庄、太原、大同到蠡县，去史志办、博物馆、报社查询资料，询问情况；曾被当作假记者，也曾被拒之门外。好在一路寻找，一路宣讲，小方的事迹感动了越来越多的好心人，如保定方志办的孙进柱。他在报纸上发表了《加入寻找方大曾的行列》《踏着方大曾的足迹》等文章、带我寻找战争遗迹，查阅地方志，描绘战事图，访问知情人。艰苦的寻访，虽未找到与小方直接关系的内容，却播撒下了寻找方大曾的种子，让我坚定了寻找的决心。

我曾经请新华社记者唐师曾描述身处战地的感受，他说，“那种心情不是恐惧，而是孤独”。方大曾如何面对战争的孤独感？当他一个人与逃难的人群相向而行时，是什么支撑着他的脚步不断迈向危险的地方？种种疑惑吸引着我去打开问号。

作家余华在接受采访时说，“方大曾的作品证明了，现实比艺术更加有力”。

当年，我在单身宿舍的墙上挂满小方拍的照片。仔细看，无论拍摄民生、战争抑或风物，他从来都不是旁观者，而是参与者，身不入画图，心犹在镜中。小方的构图朴素结实，无半点虚浮和猎奇。他是时代变迁的记录者、民众命运的同情者、国家兴亡的关注者，他的双脚始终踩在大地上，心跳从未离开过中华民族的脉动。

寻找方大曾是对自己职业精神的反省，对心灵世界的净化。作为一个纪录人，我常想，如果脱离了民众和家国，脱离了生活和现实，再华丽的画面也是空的，再华美的辞藻也是假的。

三、呈现方大曾

《寻找方大曾》纪录片立项后，面临的问题是资料匮乏，影像视频皆无，拍摄困难可想而知。每每有一点线索，刚要触摸，一伸手又遥不可及。调研中，我和摄制组做了大量细致的工作，案头准备非常充分。随后，我对这些资料和线索进行再度“创作”，当然，这个创作是带引号的。作为纪录片来讲，总是希望用白描手法来完成过程；随着人物的命运和事件走，不干预，不参与。

在通讯《娘子关出雁门关》中，方大曾表达了行程紧急、未能登临雁门关的遗憾。2000 年初秋，我们小组一路带着小方的照片悬挂在雁门关城头，了却了他 60 多年前的心愿。时间的这头和那头，心是相通的。

电视不同于报纸，文字和图片可以收集，但缺少影像的视觉搭建困难重重。我们想了不少办法解决这个问题，包括：让死资料活起来；善用再现；以口述弥补信息的不足。我们还力求赋予镜头情感。寻找方大曾，从虚到实，从无到有，是一次学习、实践、探索和发现的过程，拓展了我对于影像的创作理解。

线索中断、拍摄进行不下去的时候，我就反复读方大曾的通讯，找线索，也找动力。《从集宁到陶林》一文中，他描写在冬季凛冽的风中穿越绵延60里的灰腾梁。随行的一位士兵因不忍奇寒，劝说他返回。经过考虑，方大曾安抚了士兵，选择继续前行。我暗想，如若坚持不下去的话，我不就成了那个“逃兵”了吗！

他的脚印，我的脚步，跨越80多年的时空。有时候，人与人之间，遥远的不是路途，是时间。

在对小方的了解加深之后，我觉得他阳光正向、睿智通透，是具有高尚情操的青年。所谓高尚，体现在他有一种民本的、人本的思想。比如，他拍的贫苦老百姓，人物神态都是自然、自如的，这说明他是有亲和力的，可以获得拍摄对象的信任。对于人物，他选择的角度大多为平视，如《缝穷者》，也有仰视如《吃黑面的人扛白面》，鲜有俯视。

法国摄影大师布列松说，一个人在拍照片时，必须心眼并用；要想尽一切办法对你所拍摄的对象进行了解；只有深刻地了解，才能对生活产生应有的敏感，才能抓住事物的本质，才能把主题表现得非常清楚、非常真实。如果方大曾不善于感同身受，而是以居高临下的态度对待被拍摄对象，是不会得到和谐的画面和自然的状态的。通过“读脸”拍摄对象反观摄影师小方，不失为社会学中田野调查的一种方式。

在故纸堆里寻宝，然后一点点拼接成型；以视觉为手段的纪录片，不同于平面媒体，不能靠想象、文字来完成描述。流动的纪实影像，必须合理且真实。采访对象大概有几十个，所拍摄的资料远远多于所使用的，有时拍一天用不上半秒。

整个拍摄过程，既要有小方生命的形象，同时我还希望观众能知道是什么样的一种环境在影响着小方，小方为什么要去拍这些照片。作为一部力图重现的纪录片，我们要考虑国际背景及国内环境对小方的心理会有怎样的影响；他的旅途的更改和行为的转变背后的原因是什么。寻找过程当中，最难的是文献资料和影像构建的取舍把握。

拍摄中，我调动视觉手段，让沉默的资料动起来、活起来，让观众看见历史，让历史走近观众。通过视觉重建，去还原往事。这些尝试，在 AI 技术不断出新的今天看来，还略显青涩和不足。

四、传播方大曾

如果说，最初的寻找完全出于对小方这个人物的好奇和探求未知的兴趣，随着了解的深入，不知不觉中，这种寻找已变成对于一种高尚精神的认同和追随。不只是我，还有寻找过程中的许多人。

方大曾的辉煌只有短短的两年，这两年几乎浓缩了二十年的准备，无声的消失让人唏嘘且叹息。

永恒在 25 岁头戴钢盔的形象，青春帅气，乐观向上。小方的作品里找不到一点虚浮，通讯的白描，照片的纪实，有力且结实。余华说，他总能在快门按下的瞬间达成感觉与构图的胸有成竹的合二为一。

历史经常藏在角落里等待缘分，现实却总是错过浪漫的约会。

越是去寻找，就越觉得关于他身上的未知还有很多，他的价值无法估量，这让我难以停下寻找的脚步。

多年来，方大曾成了我放不下的心事，寻找线索和资料的工作一直在持续，《保定以南》《保定以北》《敌人觊觎下的绥远》《北平学生的灾区服务》《吃黑面的人扛白面》等通讯和照片被陆续找到，不断丰富着研究的成果。

2002年至2007年，任职中央电视台驻澳门首席记者期间，我也把方大曾的有关资料带在身边，并在空闲时到澳门何东图书馆、香港中文大学的图书馆和有关资料馆继续查找，并对寻访中的资料、体会、访谈进行了分类编目整理。

寻找小方的过程我经受了身体和精神的“疲劳考验”，越寻找越觉得小方的价值不可低估。除去拥有“七七事变报道第一人”的光环，他在绥远抗战长达43天的战地采访同样炫目，他是中国战地记者的先驱、杰出的摄影家，更是新闻理想的开拓者。

2012年7月，我与央视网一同策划了《方大曾百年诞辰纪念活动》，内容涵盖纪录片观赏、征文、访谈、作品介绍、回忆文章等。

2013年8月，应上海锦绣文章出版社之邀，我开始撰写《方大曾：消失与重现》一书；2015年10月该书正式出版。为此，新华社、中新社发布消息称“《方大曾：消失与重现》出版，七七事变报道第一人浮出水面”。

中国新闻史学界泰斗、中国新闻史学会创会会长、中国人民大学荣誉一级教授方汉奇先生见到这本书格外激动，封笔多年后，他写下了阅读感言：“冯雪松的这部专著《方大曾：消失与重现》，把湮没了80多年的一位杰出的新闻工作者和摄影记者方大曾推到了历史的前台，让他的名字开始为公众所知晓，这是对中国新闻事业史人物研究和中国战地新闻摄影史研究的一大贡献。方大曾有关卢沟桥事变和抗战前线的一大批新闻照片，是对伟大的全民抗战的忠实记录。它体现了抗日军民抵御外侮敌忾同仇的民族精神，鼓舞了士气和斗志，也保存了许多拍自第一现场的珍贵画面，具有重要的历史文献价值。我们为历史上有过如此杰出的新闻摄影记者感到骄傲。他将永远活在我们的心里。”

方大曾的外甥张在璇在《舅舅回家》一文中写道：“从当年的纪录片《寻找方大曾》到如今的《方大曾：消失与重现》，这十几年锲而不舍的寻找，让我深深地感觉到，舅舅回家了。我想，舅舅的至亲，我的外婆、姨妈和母亲若在天有知，定会喜极而泣感到欣慰的。”

2015年5月25日，中国记协组织召开“冯雪松追踪采写方大曾事迹”座谈会。7月7日，方大曾纪念室在他的失踪地保定落成。8月28日，《方大曾遗作展》及《方大曾：消失与重现》繁体字版首发式在澳门举行。9月23日，方大曾校园行公益计划在清华大学启动，截至目前已走进北京大学、中国人民大学、复旦大学、纽约州立大学、澳门大学等境内外近40所高校。期间，北京大学邀集学界专家召开“方大曾及抗战报人学术研讨会”，进一步定位方大曾的历史贡献。

多年后的今天，《方大曾：消失与重现》《方大曾：遗落与重拾》《珍藏方大曾》由新世界出版社，《解读方大曾》由中国社会科学出版社先后推出，并且有了英、韩、土耳其、阿拉伯、印地等多语种版本，众多媒体对此进行报道。图书内容还被改编成话剧、广播剧等形式推广。方大曾的名字已经被纳入《中国名记者》《中国摄影大师》等权威书籍，并入选了第三版《中国大百科全书》，社会上渐渐形成了一股“方大曾热”。

《中国新闻出版广电报》撰文称：从纪录片到图书，从纪念室、研究中心到公益计划，跨越影视界、出版界、文学界、学术界的“方大曾热”，聚合成为兼具传播力与影响力的现象级话题。

我还与河北大学、中央民族大学等高校合作，指导完成两篇硕士论文《方大曾战地报道研究》《方大曾摄影作品研究》，开启了系统研究方大曾的新领域。

2019年7月，“寻找方大曾二十周年学术研讨会”在保定举行，北京大学吕艺教授撰文《从人文价值的高度认识“方大曾现象”》，更加开阔了寻找方大曾的未来视域，正义与良知的追寻格局愈加宽广。

从 1999 年到 2024 年，历经 25 年，寻找方大曾仍在继续。

当下的融合媒体时代，书写历史不再是书斋里的革命，学术研究和业务实践已经有了边界交融的趋势，要利用现代的手段，潜心求证，立体表达，使学术成果不再躺在论文集上，而是通过传播的影响力，公众化、社会化，与时代同频共振。

这本书，是寻找和呈现过程的片段，各篇之间隐约关联，又各自独立，是闲暇、旅途、行走的回想、思考和感想，系随笔。所遇的人，所遇的事，不能逐一记述，有些太远，有些太近，待时间陈酿，再作补白。文无章法，心有所诚，歪歪斜斜的寻行足迹，拙力且笨重。不敢讨巧，唯恐一动心思，小方的气息迅即散开，唯有诚惶诚恐，小心再小心。

一

@方大曾

许多事情的因由都是偶然开始的。当时我并不知道，这纸传真就是砸中牛顿头顶的苹果，只是那些文字缀成的内容吸引着我，有莫名的亲切感。或许大多的必然就是因为某种关联而生成的吧。

一纸传真

2024 年 11 月下旬，初冬，我在第一场雪后的哈尔滨，平静了一下心情，想想旧事写写故事。

雪后的晴天，光线是明丽的，自窗外射来，懒散着照在书桌上，随我的手和键盘的敲击一上一下地动。光影忽明忽暗，往事如黑白胶片般逐格播放。

操场上踢球的学生们，二十出头的年纪，不惜力地奔跑，无拘束地释放，声音碎远，痛痛快快。

五十将过，膝痛和腰伤就不停地来提醒，不管不顾冲拼的日子渐渐不属于自己。头发稀了，青春不再了，但时光尚浓，盘点一生似乎还早。人生中途半大不小，半场歇息回顾难免。

细一想，我与小方相伴相随接近四分之一个世纪了，1999 年秋天的一纸传真，把这段隔空之谊延续至今。

当时，我刚完成大型纪录片《二十世纪中国女性史》为期三年的总导演工作，从妇女栏目转到《美术星空》；尽管累难苦，但是咱活过来了。

在接触方大曾前，我没有专门留意过摄影，倒是听过同事大哥们眉飞色舞地聊相机，总之觉得贵，不敢碰，很神秘，且仰视。

在《方大曾：消失与重现》那本书里，我详述过到新栏目不久，偶然间在故纸堆里结缘的一纸传真，类似出版社的征订函；方大曾的名字就是随着它，在某个秋天的午后，融嵌进了我青春期的后半段。

“大公报战地特派员”“卢沟桥事变报道者”“杰出的摄影家”，还有“留下八百多张底片”，以及“1937 年的失踪”，在陌生关键词的敲击之下，一时热流贯脑，亲近感莫名而来。

我五六岁时，在家里的镜框上看过一张纪念照，貌似是我妈老同事的合影。其中的一位阿姨，面目俏丽留长发，每看到，我都坚信见过她，甚至以为她是我们家的一个远亲。

“怎么可能？”我妈说：“你还没出生她就去世了！”

尽管如此，那份亲切感还是一直保留在记忆角落，而且隐得很深。

没想到，与传真相遇时又出现了这种亲切感。用当下的话说，文字里描述的方大曾与我毫无违和，没有距离，约略就是缘吧。

1912 年出生的方大曾，原名德曾，肖鼠，比我大 57 岁，笔名小方，也曾写作小芳，祖籍无锡，生于北京，是方家北上京城的第

讲小方，这页传真永远置顶

五代。父方振东，又名祖宝，在译学馆修习过法文，后任北洋时期外交部主事，收集过当代名人印谱。母方朱理，河北人，学过中医，无业。小方有一姐一妹，姐姐方淑敏，妹妹方澄敏。

在20世纪二三十年代的北京东单，协和胡同、干面胡同有几处方氏家族的大院套。家境优渥，访客不断，父母知礼开明，小方的青少年时代是幸福的。

方大曾，我似乎看得到他，伸出手指又触碰不着。

十几岁时，他在母亲的支持下有了自己的相机，爱旅行，喜冒险，北京的风物，门口的车夫、街头的乞丐在取景器中定格成像，记录下他人生最初的取舍和选择。

人生啊，别在意生命的长和短，别奢求收获的多与少；有价值的生命，短也是长，有意义的收获，少也是多。

一页传真缀连着时光两端，联系着小方与我，以及发传真的陈申、各种不相干的人，还有今天的社会。

这张热敏纸如今还在，被我放在“和方大曾有关的资料”的最前面，只不过年深日久，字迹越来越淡，几乎恢复到它最初空白时的样子了。

“妇女之友”

在遇到小方之前，我因为拍摄纪录片《二十世纪中国女性史》，上了头，入了魔。

1999 年己卯兔年的正月初一，我是在编辑机房里度过的，地点设在北京羊坊店的一家招待所。

当时台里办公场所紧张，大一点的节目几乎都在周边租了房子，以公主坟为圆心，东到西单南到六里桥西到五棵松北到航天桥，方圆数里分散驻扎着各种剧组，我担任总导演的纪录片《二十世纪中国女性史》也是其中之一。

经过两年的采访拍摄，这部表现中国女性百年历程的大型纪录片即将迎来收官时刻。

作为总导演，我接受的临时任务是从 20 集的体量中迅速编辑出一个 50 分钟的特别节目，赶在三月八日献礼。这个决定是春节前几天才做出的，而此刻距离播出时间满打满算 19 天。一切在计划之外，意味着要新起炉灶，在有限的体量内精准浓缩百年，还要选故事、定人物、搭结构、搜索素材，几乎就是不可能完成的任务。

节目到了后期，一般来说各个工种都乏了，最初的新鲜劲过去以后，也是各种矛盾交织的时候。临时增加一个节目，时间紧，没有经费，春节不休息，谁干？我是总导演，我不扛谁扛？

冷清的房间外传来鞭炮的声响，不知道窗外是否晴朗，一窗之隔的快乐却不属于我。几百盘素材资料，千头万绪的线索，我印象中的整个春节是灰蒙蒙的，那种无助紧张的情绪现在想来仍心有余悸。

从策划这个选题开始，我就投入了 120% 的热情，从调研到建组，从联系专家到选导演，以及确定采访对象和拍摄地点，亲力亲为事无巨细。

开始是计划拍 60 位女性，解放前 30 位，解放后 30 位，最终因专家讨论名单无法达成一致作罢。后来计划将生活史、革命史杂糅，以口述史的方式来完成纪录书写，这一方案获得认可。

200 多人的口述融入了近千盘磁带：北大戴锦华教授说我是第一个把她拉进演播室的人；音乐家刘索拉从美国给我寄来了早年的照片；社会学家雷洁琼先生在红霞公寓回忆下关惨案；作家张洁与我电话长谈人生；西路军女子先锋团团长王泉媛被请到北京；演员刘晓庆讲做人难。这部纪录片也创立了许多个第一。

100 年来，从小脚变成了大脚，从裙子变成了裤子，中国女性不屈地走出了自己的道路。那段时间我言必谈女性，被大伙戏称是“妇女之友”。

我一盘一盘地看素材、理思路，一遍一遍地在脑海里过滤中国妇女的百年历程。当时还没有非线编辑机，完全是手动对编，也不像现在分工明确。

别人过年我过关，没日没夜一个人吃睡在编辑机房里，心想，索性就让暴风雪更猛烈些吧。期间我自己还过了个生日，跑到对面馆子里点了碗牛肉面外加两个鸡蛋。

困难从不向祈求低头，它只屈服于力量。

幸亏我命大，昼夜不分地连熬两个多星期，片子好不容易粗剪完成。接下来的合成和审片又连遭不顺：先是粗编版找不到了，幸亏做了备份；再是机器生成片头时突然断电，做好的部分前功尽弃；后来审片领导总是没时间，等啊等，看完提了一堆意见，继续进机房修改配音配乐再合成。这么说吧，片子播出的当天下午还在改。

技术原因，预告在晚上八点二十分播出的特别节目《世纪女性》,《新闻联播》快结束的时候还在我手上。等到最后一个技审章敲完，我飞奔冲向播出线，若再晚到五分钟，他们就得插播其他节目报告播出事故了。出来的时候武警拦住我看证件，说我闯了岗，要通报所在部门处理，我心想，通报就通报吧，只要没耽误播出，开除也行。

完成《二十世纪中国女性史》似大病一场

想来后怕的抢播，许多年后回忆到此内心仍会阴影重生，透不过气来。熬红双眼迎兔年，挥之不去思来心悸，紧张感萦绕多年，这也是我在遇到方大曾之前一个挥之不去的心结。

特别节目播出之后，《二十世纪中国女性史》的完整版在同年7月播完，反响不错。当时给我最多反馈的是高校和研究机构的朋友，他们调侃，你不仅是“妇女之友”还是“知心大姐”，中国女性的百年历史让你说明白了！

最近，听朋友说哔哩哔哩上还有这部片子，我好奇地去翻看弹幕和留言，感受到观众的喜爱之情，欣慰！还有留言说，没想到这部片子的导演是个男的。暗笑！

现在回想，这段苦累的经历是值得的，起码，在未来寻找小方的路上，增加了免疫和抗击打的能力。写到此，我忽然想笑，瞬间顿悟，有时候，坏人坏事就是度化你的佛。

父亲

到中年，为人父，知乐亦知苦；这乐与苦都连着心尖，牵着肉痛。

翻遍方大曾留下的底片，有母亲和淑敏澄敏的身影，父亲方振东呢？踪迹未见！

随着兴趣，在方家的私人照相簿里，一张斯文的男人侧身像入目：中年模样，着装考究，表情不易觉察。说是方振东，照相馆拍的，非小方作品。

隐约知道，后来他吸了鸦片，一间间败了房产，还在西直门的高梁桥养外室，另有四五个子女，晚辈们也就不大愿意提起这个人。

父亲的角色，在方大曾的生命中会产生什么影响呢？ 1999 年秋天的我，还在揣度其中关联的时候，自己的父亲意外地病了。

我拿着化验单问一位年轻的护士，“cancer 是什么？”她挺平静，眼睛望着我轻声说：“cancer 就是癌。”怕我没听清楚又加了一句："他得的是食道癌，肿瘤位置在贲门，是恶性的那种。"

父亲刚退居二线，才56岁，怎么办？母亲和弟弟远在呼伦贝尔；压着透不过气的恐惧，只能一个人面对突然状况。

"食道裂孔疝，需要做一个修补手术，"我按着医生的嘱咐，轻描淡写一字一句地告诉父亲。他的眼神像寻求依靠的孩子，问能不能不做手术？我知道他胆子小，平复了一下说："听大夫的吧，没事的。"

那一刻，我觉得自己像是一个父亲。

301医院床位紧张，一时安排不了手术；只能选择在西四环附近的武警三院手术，透过熟人介绍联系了能找到的最好医生，半月内一切安排妥当。

我们这辈跟父亲的关系一向紧张，交流少，虽在同一屋檐下，能回忆起来的无非是平凡的日常。

父亲的癌细胞转移到了肺。他还不知道实情，跟我开玩笑，说自己肚子里少了两根辐条，其实是开胸手术时摘掉了肋骨。

病房里无话可说，他就问我在忙什么工作？我挺意外的，因为以往他不太关心这个，起码是没有当面问起过。

父亲在铁路工作，从派班员到列车员到采购员到餐车主任到列车长，最后当上分局客运处干部，他觉得我们隔行如隔山。

我就跟他说了方大曾——我计划筹拍的纪录片。父亲听得挺仔细，好像还挺有兴趣。"你应该拍，"他艰难地挪动插满各种管子的身体，调整了目光对我说："你一定能拍好。"

他告诉我，伟大的人应该是跨越自己而不是盲从他人，要用自己的体验接近所拍摄的对象。

得病的人在无力对抗命运的时候，往往变得更和善。听这话，我忽然觉着他内心里还是了解我的，只是没有讲过。

接下来就是化疗、放疗和一系列的救治，父亲肯定是知道了自己的病情，但我和母亲弟弟跟他一直都没点破。

如果是方大曾，也会这么做吗？

北洋解体前，方振东离开外交部去天津谋职。在津埠电力公司的办公桌前，有一张小方的照片，目光平和，神情平静，是沉稳少年的模样；其后方振东的字迹工工整整，"德曾留念"，一笔一画透出父爱。

看看躺在病床上熟睡的父亲，我的泪划过脸颊，开始有点可怜他，退休生活还没完全开始，他就站在了人生的边上。

底片初识

陈申说，小方的底片从 20 世纪 80 年代到 90 年代在他那儿放了十年。这些底片毕竟是方家人的念想，最终又交还给了小方家人。

将小方的故事告诉陈申的人，是方家的故交，住在上海的李惠元。

那十年，陈申整理底片，作文推送，参加影展，可能时运不济，种种努力成效甚微。他无奈，如潮的经济洪流下，谁会留意历史中微尘般的小人物？

自始至终的读者，可能只有方澄敏，一个到处寻找哥哥小方的人。每次，陈申把稿费交给她，总能收到一些吃食，放在收发室；方澄敏从来不上楼，怕打扰到别人，默默地来默默地走。

“这叫薄来厚往，”陈申说：“是老辈人的礼数。”

一个棕色小木盒，方澄敏告诉我，是哥哥设计，专门找木匠打造的，用来盛放底片。

因为年久，榫卯结构的精致木盒，已经在氧化中变成暗红，颜色像发干深黑的血。整整齐齐地码放着的一些粉颜色的纸袋上，印着德记商行的字号；根据印刷地址判断，德记商行眼下已无迹可寻。

德记照相馆位于王府井大街北口路西，东安市场的对面，在小方家的西边，距离很近，是他经常洗印照片的地方。

底片从纸袋中取出，仿佛沉睡中的人被唤醒。

阳光下，黑白两色通透分明，隔世的人物、消失的景象、尘封的事件款款而来，视线所及，是一位二十多岁的民国青年，用目光抚摸，用指尖触碰的时代。

隐约的沟通，气息的关联瞬间达成。1999 年与 1937 年相隔 62 年时空，然而用生命换来的作品，往往可以穿越时空。

娴熟的技法，成熟的想法，内容和思想在快门咔嗒按下的瞬间合二为一，小方用取景框见识社会，认识中国，通识人生。

从底片内容看，处于危难里的中国，人们的表情还是健朗的，这一点，区别于国外摄影师镜头里的麻木。希望或者失望，取决于灵魂的选择，好的摄影师，总是用心曝光成像。

没有平庸的生活，只有平庸的生命。

每个人的表情，平视且平和，方大曾留下的底片中，满写着生命的尊严。

无论是乞丐还是光着身子的纤夫，或战场上的普通官兵，真心唤真情，那些面对镜头的笑，是由衷和松弛的。

阳光唤醒了尘封的底片

底片上，为了冲洗放大画上去的剪裁线，清晰可见，构图简单，风格注重纪实。这些底片像清茶，看似闲淡，品则生韵；像老酒，入口绵厚，回甘浓郁。如果说茶韵生自新鲜，那么酒浓一定是因为深藏。

表面的光芒来得快，灵魂的光芒走得慢，或许，它不会夺目耀眼，但是可以源远流长。来自生活的鲜和源自时间的浓，在初识小方底片的瞬息，完整统一。

小方，你会在哪里呢？此刻，我决定用纪录片的方式，去寻找方大曾，希望历史和现实给我一点启示。

残酒

跨年夜，哈尔滨冰雪大世界斑斓似舞台布景，夜空中烟花环衬。眼前，一个冰的城透视过来，寒气射骨，这种冷已是久违了的。

14 岁，我花两毛钱，领略了家乡人民公园的冰灯。不久后，一篇习作《冰的艺术结晶》登上《呼伦贝尔报》；两元稿费，给我妈和我弟买了葡萄干，给我爸买了一副鞋垫。那件事，让我爸着实高兴了一阵子。

同样时节，父亲挺过手术，在期盼中疗愈着身体。

新世纪将来，父亲的脸苍白瘦削，我伸出去的手越发吃力，他在缓慢地滑脱。想想小方父子的分别，会不会是同感？

父亲说他没喝过洋酒，想在新年到来的时候尝一尝，我不懂酒，花三百多块买了瓶人头马 VSOP，差不多用了半月工资。

1999 年跨年夜，洋酒打开，希望随人头马一开，好事自然来！但愿，这美酒的寓意能让爸爸转危为安。

我问他好喝吗?

父亲呷了一口，笑笑说：“怎么有股皮鞋油的味道？”我尝了尝没觉得，怀疑是不是他的病影响了味觉。

跨年晚会看完，瓶中酒喝了一半。父亲眯着眼睛似乎品出了滋味，他盖上瓶盖，说剩下的过春节时再喝。

元旦过后，父亲的病情渐重，那瓶酒再也没有打开。

2000年9月，无药可医，父亲不得不告别北京，从丰台车站返回家乡呼伦贝尔。临行，轮椅上的他，塞给我一个信封，是5000块钱。父亲说：“别人对你的好不要忘记，对你不好不要记着，以后的事都要靠自己了。”

望着渐远的列车，一阵心痛，空旷的站台，让我开始觉得无依无靠。

偌大的城市里，我又孤身一人了。暗自想，从来就没有完全适合自己的环境；弱者去适应，强者去改变。

六天后，正在拍摄纪录片《寻找方大曾》，我接到了父亲病危的电话。安排好工作，我乘第二天最早的航班回家，希望能和父亲再见上一面。

父亲靠在病床上睡着了，一只手表用胶带粘在他视线能及的墙上。母亲说刚睡，之前一直在看表，计算我到达的时间。他已经几天没有躺下了，医生说癌细胞已经完全扩散，脏器几近衰竭；应该是很痛，他没叫过，也没说过。

约有一刻钟，父亲醒了，看见我，吃力地撑着身子，说的第一句话是：“耽误你工作了，大家都在等你吧？”随后露出了一丝歉意的笑。

第二天下午五点，父亲病逝，享年 57 岁。

返京后，我用父亲给的 5000 元钱买了一个相机，算作他留给我的纪念吧。我把它当作父亲的“眼睛”，拍别人的社会和自己的生活，让他“看到”我们和这个世界。

二十年过去，我书架的角落里仍存放着半瓶残酒，半瓶布满灰尘的人头马。我猜想，瓶中是住着父亲灵魂的，生怕一打开就像阿拉丁神灯一样飞走。

用父亲给的钱购买的相机成为我看世界的“第三只眼”

我书房里，一直保留着父亲最后一张照片和半瓶残酒

这瓶酒，会一直留在我能看见的地方，那样，父亲就不会走远，陪着我们经过春夏秋冬。

没有了父亲，我真正长大了。对于一个男人，告别过去的最好方式，不是完成一个终结，而是找到一个起点。

二

@ 方大曾

我不知道一路上会有什么发现，只是通过找到的几篇通讯，大致了解你失踪前的两个月所行经的地点，除去京津，还到过保定、石家庄、太原、大同和蠡县。

行走的少年

有次，小方的外甥张在璇告诉我，去四川工作前，外婆曾拉着他的手叮嘱：“千万别学你舅舅，胆子太大，爱冒险。”

当时正值“文革”，乱乱哄哄，许多事情在璇先生已经想不起来，唯有外婆方朱理的话刻在心里。

张在璇没有见过舅舅，五六岁时，因为好奇，他推开了院子角落一扇小木屋的门。虽是夏季，里边却是凉凉的，阳光从旧木板的缝隙射进来，亿万粒灰尘在久违的明亮中舞蹈。油漆斑驳的桌子上，罐罐瓶瓶散落着，蒙了些许的灰。

张在璇讲，直到多年以后，每想到这一刻，都觉得亲切，仿佛荡涤尘埃，重返童年的天真。

直到平日里慈眉善目的外婆疾言厉色地把他从小木屋里揪出来，严厉正告，那是舅舅的东西，以后不许动，张在璇才知道他还有个舅舅。

走过无数次的协和胡同，是连接我和小方的桥

后来听说，舅舅是自己母亲方淑敏的弟弟，卢沟桥事变后不久，失踪于保定一带。

张在璇将家人私藏的小方作品赠我研究，叮嘱一定要珍藏好这全家人的念想儿，那一刻，托孤般的神圣。

人生其实很简单，选对了一本书，就选对了一扇门；选对了一个人，就选对了一条路。

审视方大曾的私人照片，可大致清晰其游走路径，不难发现，他二十几岁时的壮游之果，基本能从少年步履中觅得缘由。

方澄敏说，哥哥旅行的发端，始自母亲花七块大洋给他购买的一款折叠式相机。

十几岁的少年，用“第三只眼”记录生活，观察社会，家人、门口的车夫、外交部的看门人，都是他最初取材的对象，进而是一架相机、一条毛毯、一个背包、一把雨伞的旅行。

每一个人都有两个世界，一个是身体能够到达的地方，一个是思想能够到达的地方，将其合二为一者，谓之幸运。

以协和胡同为原点，这里是小方人生的出发点，也是我寻找小方的起点。八大处、香山、颐和园、千佛山都有他少年遍游京郊的留影。旅途中的样子，目光清澈，笑意自然；这份自信，是家庭给予的，是行走出来的。

相机在当时是奢侈的物件，相当于眼下的法拉利，或许更甚。一路行走，小方的这辆“豪车”坐的什么人呢？车夫苦力，缝穷者，贩夫走卒，挖煤人，不见纨绔子弟，更无夫人小姐。

总是想，在这些人对面拍摄的小方，会是怎样的姿态与表情呢？从他们的位置和神态推测，小方是平视亲和的，不然怎会报以信任的面貌？

我在工作生活当中的拘谨、不松弛，或许源自小时候长辈们“不许乱说乱动”的教诲，我姑姑一句“半夜梳头鬼来见”让我现在傍晚拿起梳子还心有余悸。乃至成人后多年，仍颇多自我禁锢，“怕人说”是约束的因，“被指责”是患失的果，心底阴影还是有的。所以，天真自由、舒朗通透是我的追愿，尤其是“结识”方大曾后。

人的一生中会有许多事刻骨铭心，回望时才发现，那些兀立在记忆中不肯离去的关键人物和决定瞬间，曾是自己寻找生命途径的路标，也是见证成长的纪念碑。我们摸索而来，又循迹回忆，或许就是在完满着生命的轮回。

幸好遇到小方，我又重活了一回少年，幸好遇到小方，我有了生命双倍的体验。

陪着小方走下去，即使无人喝彩，也要活出精彩。

温泉中学

上了年纪，翻看旧物的心态就不同了，从前是读出新意，其后要品出滋味。这不是年龄的错，是生命的果。

看见小方在温泉中学的留影，是《方大曾：消失与重现》出版约一年半后，家人把方澄敏余下的遗存交我研究，才得见这张照片。

温泉中学牌匾下，面对镜头有八个人，着制服的小方居最右，背负行囊，十三四岁的模样，不知是出发还是归来?

我儿子松果说是出发，我怎么觉得是归来呢?他说看太阳的方向!的确，从光影判断，是晨阳的效果。年轻人是要迎着朝阳出发的，老朽如我却在想，经历暗夜如何不能在晨曦中归来?

温泉中学?以往的寻找中，未曾接触过，问了方家的后辈，也不清楚，只知道，方大曾考入中法大学前，是在北平一中就读。

温泉中学不复存在了，百般搜寻，方知，20世纪50年代，学校被合并，如今是北京市第四十七中学的一部分。所幸，小方当年留影的校门还在。

随着手机导航，从公主坟到苏家坨镇管家岭村，一路向西将近30公里，沿着悠长的北清路，顺势而上，便能寻到四十七中的大门。

校史记述，温泉中学为私立中法大学附属，成立于1923年，创办人是李石曾与蔡元培。一年后，购置西山环谷园校舍，添筑礼堂、教室，男中迁入，而在温泉村校址另成立温泉女中。

12岁，小方的中学生涯由此开端，与其6年后进入中法大学似是一脉相承，译学馆修习过法文的父亲与留学法国的李石曾，是否一同给他设计了未来？

阳光饱满的初春时节，几段青石老墙横亘一隅，穿过四十七中的校园向西山脚下探寻，即是环谷园。

缓坡之上，正是小方的留影所在，远隔尘世的小院和照片相比较，几乎没有大的变化。校门内的松树还在，只是长粗了，变高了。2014年，温泉中学的旧址改为敬德书院，用于传统文化修习。

台阶还是原来的样子，上下五级，长条青石，平常普通。

90年前，出发或是归来的少年，立于石阶最右，神态沉稳，眼风坚定，心里撑得住事的模样。

与其他持杖者不同，猜不出他手拿何物。温泉中学一定藏着小方青春的秘密。

同样空间，旧照与现实，在意识中合二为一。分不清，我是时

温泉中学读书期间的小方

间那端的他，抑或他是时间这端的我；双脚与双脚，重合在石阶的同一处，照片中人与现实中人互换如何？

当然，那一刻，不过是瞬间的恍惚！

如此近，如彼远！安眠在历史角落的人，谁能想到，有探访者循迹而来？

生命中的路径只有两个方向，一个是向前，另一个是向后。

是出发，我同意了儿子的观点。不然，他们的脸上为什么只有活力，没有疲惫；他们的身上，衣衫洁净，未见征尘。他们的心里一定有奔向前方的期待。

这一点，足以说明了问题。

启蒙者

好奇一直缠绕着我，谁是小方的摄影启蒙者?

有评论者说，他“无师自通”或者天赋异禀，似乎也对。他较早拥有私人相机，17 岁组织少年摄影社团，参加首届北平摄影展览，在报刊发表作品，这条线完全是一条自悟自觉的路。

是谁教给了他摄影技能?或者说谁影响过他?

反复听 20 世纪 90 年代方澄敏的一个录音，她提到，哥哥经常去青年会找一个人学拍照，声音模糊，不确定姓蒋或姜。

他是谁?与陈申先生求证后始知，正是协和医院的蒋汉澄。他长小方十二岁，留过美，是京圈著名的“三蒋”之一，在摄影界影响很大，是中国医学摄影的奠基人。

蒋汉澄喜绘画，钟情摄影，北平的《世界日报》《晨报》，以及上海的《时代》和《良友》都发表过其摄影作品。他说，每一次按动快门的瞬间，都能感觉到一种巨大的快感。

哥哥的底片是缓解方澄敏思念的药

蒋先生的摄影作品透露出摄影者的沉稳与冷静。他拍摄的《逃难》，照片极具现场感，画面朴素，紧张气氛扑面而来。纷乱环境中，拍摄者专注于记录的自持，与关切霎时统一，有素训练和仁善修养无缝衔接。小方日后的许多作品理念与此暗合。

中法毕业，小方先天津后北平，在海归聚集、西风强劲的青年会里工作，任少年部干事。因善摄影，颇活跃，人品纯正，深受喜爱。每月薪酬六十，不知银洋还是法币，总之收入丰厚。

不得而知，蒋先生跟小方之间的具体往来。北平第一届摄影联展，“北平银光社”两次义卖摄影作品，都有他们名字的交集。由此看，两个人应是同心同德的。

鬼子来了，协和医学院被迫解散，不伺候，回绝了日伪邀约。蒋汉澄借款，在王府井开设了照相室，齐白石、周璇、言慧珠、童芷苓等都来拍过照。

解放后，方澄敏遇见过蒋汉澄，他已重回协和医学院，担任医学照相和绘图室主任。说起小方的失踪，两人惋惜，相望沉默。

用揣度完整故事，莫如知见碎片说话；留白于历史，远胜虚无猜想，还是不要误导来者。记载空白，史料有限，蒋与方的故事，尚待研究和丰厚。

蒋先生 89 岁去世，遵遗嘱，葬在了故乡苏州。

人生就是一场告别礼，有时候间隔短一点，有时候间隔长一点，无论短与长，最终，都不过是一个接受永远的过程。

从协和胡同经外交部街，自东向西到协和医院，右转百多米即到青年会，而后，由东堂子胡同自西向东折返。协和医院与基督教青年会相邻，和小方的家，彼此相距数百步，同样地处繁华的东单。

多少次，行走在这平面三角形中，停停转转，也不过二十几分钟。

在治病救人的医院，和拯救灵魂的教会之间，小方获得了何种心灵暗示？

随着摄影技术的精熟，他的世界，一定是愈加光亮的吧，我想。

拼图游戏

1999年的时候，我还单着身，遇见小方，算是把谈恋爱的时间给占满了。

我原本不大喜欢图书馆，可能是小时候没有图书证，多次被拒门外的因由，以至多年，仍觉得它高高在上。

说来奇怪，因为小方，我竟迷上了旧书刊的味道。回想起来，秋天里的过刊书库，显然是一个神奇之所。

下班了，图书管理员边走边说。抬头看，窗外的天空开始泛灰变暗，北图阅览大厅里，只有我一个人。

12月中的北京落叶微寒。

合上1929年8月《世界画报》总第204期的页面，瞟了一眼写得密密匝匝的笔记本，《少年影社征求社员宣言》找到了，收获不小。

真实的人，行动永远连着心跳。

档案馆、图书馆里藏着寻找小方的密码

宣言中，17 岁的小方呼吁：做少年摄影界的先进队何等伟大，研究摄影艺术何等有趣，年在十六岁以内者，快来报名！踊跃！努力！

那时候，他的名字还叫方德曾，正在北平一中读书，爱好摄影，四处旅行，参加了童子军，认同自强自立、有勇有谋的精神，希望自己具有健康的体魄、心理及情感，成为乐于助人、有能力助人的人。

那时候，方家是个大家庭，还没分家，家里的叔伯弟弟妹妹，大伙都无条件地喜欢他。方澄敏回忆，他人缘好，拉车的车夫隔老远就和他打招呼。

生活就是从此站到彼站，生命就是从此岸到彼岸。

小方过早地消失，功业尚无法完整地写进历史。多年来，除了家人，几乎没有更多的目光关注到他，或停留在他身上。

其生命履历，碎片般散落于陈旧图文。差不多四个月的时间里，我流连在图书馆的过刊库里，没有目标，没有电脑检索，只能一期期、一页页翻看他可能出现的报刊。

像是在做拼图游戏和连连看，不停连缀着他断断续续的生命足迹。每天都活在期待里，几乎每天也都有失望的掺杂。

看久了微缩胶片会目眩，闻久了过刊的味道会呕吐。有人问值不值得下这么大的功夫，万一是口枯井呢。说真的，我心里是没有底的。

除了零散的文字外，有关方大曾可供拍摄的资料是匮乏的。在搜索过程中，总感觉着将要触摸到他，一伸出手马上又觉得遥不可及。

看过他的作品，同时代摄影家荫铁阁评介“方德曾之《寒夜》亦具西风，所取色调，尤能增其冷静”。（北平《世界画报》205 期）

《世界知识》《大公报》《美术生活》《民报周刊》《妇女生活》《良友》是小方当时经常供稿的刊物。我面对着海量文字和图片，伴随着找着找着就消失了的线索，一期一期地查找，许多微微黄的纸页上边有他的名字。

一个人的价值，不是在世时有多少人追随，而是离世后是否有人想念。

兴趣推动发现，照片和文章带着我了解从前并由此入手，触摸方大曾和那个时代。一点一滴接近，通过只言片语拼接完成生动鲜活的形象；这种方式像是在故纸堆里发掘考古，也像社会学中田野调查的工作，使我在纪录片开机之前对于方大曾的生存环境、工作方式、思想脉络和时代背景，有了更为直观的认识，为影像表达提供了基础。

时光从未离开过，它只是寂静无声；历史从未走开过，它只是沉默不语。

邹韬奋在香港主编的《生活日报》连载了小方写的长篇通讯《张垣一瞥》《从张垣到大同》《晋北煤业现状》，上海出版的《生活星期刊》刊出小方的《从大同到绥远》《北平学生的灾区服务》，《申报》每周增刊接连发表小方写的旅行通讯《绥远的鸦片问题》《冀东视察记》《集宁见闻记》《四子王府见闻记》，《世界知识》发表了小方写的通讯《宛平之行》《绥远的军事地理》《冀东一瞥》《绥东前线视察记》《兴和之行》《从集宁到陶林》，《国民》周刊也刊出小方写的《走私在海滨》《北平学生大露营》。

只要希望还在，就没有退却的理由。

新发现不断涌出，丰富着我的认知。拼图过半，面目渐晰；看着厚厚的笔记本，忽然有所感悟，方大曾原来是一座富矿。

声音的痕迹

陈申先生转来两盘磁带，说是他 1995 年 3 月访问方澄敏时的录音，嘱我听听，或许有用。

因为用的不是专业设备，没有指向性话筒，声场比较嘈杂，录音机放置又比较远，声音小，讲话同期声和背景声混合在一起，辨识起来难度很大。

尽管如此，这两盘 TDK 录音带，还是让我如获至宝。

找来技术人员帮忙，通过降噪处理和声音还原，方澄敏的讲述划破空气隐约传来。

方家祖籍江苏无锡，曾祖父辈进京做官。据方澄敏讲，祖父在老家无锡教私塾，入赘“过”氏。“过”是皇帝赐姓，无锡那条街都姓“过”，有“堂号”。

按照方大曾外甥张在璇的指引，在一个初冬时节，我到无锡方家曾住的地方去；随时光变迁，新建筑覆盖老建筑，南方的阴冷萧瑟了旧年的烟火气，方家老宅早已无迹可寻。

“母亲朱理是北京人，”方澄敏讲述：“会中医，胡同里谁有个小病小灾都找她，属义务性的。她一辈子没参加过工作，但也和学洋文的父亲一样开明。父亲方祖宝，又名振东，译学馆毕业，之后到外交部工作，民国时机构南迁，他留在北京档案保管处工作，不久去了天津。”

第一盘A面磁带中间部分，不时传来邻居装修的电锯声，压迫着方澄敏轻柔的语调，听不大清，戴上耳机把音量放到最大。

> 小方在读小学时就喜欢摄影，当时这还是一个比较奢侈的爱好。但我母亲坚持花七块大洋给他买了一架照相机，方盒子的，一打开“哗啦”一下。于是小方就一架照相机、一把伞、一个背包，徒步到处拍照，北京周围的好多塔、庙他都去过，回来后就自己冲洗。他的冲洗技术还是不错的，您想，现在留下的底版有近千张，都是长年的积累，至今还“颜色”不变。放大机是他自己用硬纸板做的。有时我也想帮他定影，干一些下手活。照片冲出后，他就投到报刊去，用稿费再买胶卷。大学毕业后，他就买了一架高级的“禄莱福克斯”照相机。他当时拍了一套“四子王府结婚照”组照，寄给英国一个杂志社，那相机是靠这次的稿费买的。

第一盘 B 面约 10 分钟处，方澄敏的声音从平静到欢快，她想到了小时候和哥哥一块生活有意思的事。

那一年，我小学还没有毕业，也就是快上中学了。有一次小方——我哥哥在我屋里洗脚；他天天在我屋里洗脚，洗了脚也不倒水，还得我给他倒；我挺生气的，后来那天我就跟他吵起来了，我偏让他自己倒，后来到底还是他自己倒了。

从那天起我就不理他了，“太讨厌他了！”……后来虽然天天同在家里，但有两年没说话。九一八事变以后，北平学生纷纷参加“南下请愿”，我被班上选为班代表参加了“南下示威团”——出发前学生们全在前门火车站（老北京火车站）“卧果儿”（即卧轨示威，取北京话谐音。“卧果儿”为鸡蛋的一种烹制法。——整理者注。）——政府不给开车，就往轨道上躺。小方那次也去了火车站，带着照相机，他一眼就看见我了，赶快就往家里跑，告诉家里一声他也要去。等再赶到火车站，车已经开了，他没赶上。从这以后，他对我有了一个看法，认为我也是进步的、抗日的，所以当我回来我俩就说话了，一天比一天亲热起来。当时有个党的外围组织，叫“反帝大同盟”，是极广泛的组织，小方和一个姓马的爱国青年还帮助我们建立起“大同盟女一中支部”，以后有活动他都通过姓马的直接通知我，关系就更密切了。那时我哥哥一回来，就先找我，进家门先问："老方回来没有？"他管我叫"老方"，他倒是个"小方"。

有一次，他去拍照，有很多警察，警察误以为小方是个外国记者，冲着小方说："你别跟他们（指爱国游行的学生）一块搅和。"那时哪儿有游行，哪里准有他。

1935年，方大曾中法大学毕业后到天津基督教青年会工作，随着方澄敏的讲述，一个青年的形象浮现眼前：他鼻直口阔英俊率真，眉目清秀正气十足，手持相机动作娴熟。在成为中外新闻学社摄影记者后，海河两岸市井码头从此出现了他的身影。

中外新闻学社是由吴寄寒、周勉之等人发起成立的。他们是进步的。吴寄寒是中共地下党员。周是"中央银行"外汇管理科职员，又是单身，是学社的经济支柱，他们邀请小方参加。抗战后，"中外新闻学社"撤退到武汉，最后到重庆，改名为"全民通讯社"，直接接受党的领导，一直到解放才完成了历史使命。绥远战争一爆发，小方就作为中外社记者，奔赴战场实地采访。

1935年（疑为1936年）他照了一幅照片，自己戴着钢盔的，寄回家中，照片放成大约10英寸×12英寸大，上面写着：母亲大人存念——男小方摄于执行摄影工作时——于绥东战地。这就表示，从那时起，他就要出去了，不定在哪儿，说

顺着声音的痕迹，纪录片《寻找方大曾》开拍了

明他早已立志献身于自己喜欢的事业，而不管是天涯海角了。

有人敲门送东西，方澄敏应承着开门寒暄，问答声远远的。在第二盘录音带B面开头，她讲到卢沟桥和小方最后的消息。

1937年7月至9月末《大公报》上小方的文章不断，陆陆续续的。我姐夫当时在上海，每天下班都带回一张报纸来。我是那年9月份走的，先去天津我父亲那里，后来考入西安“临时大学”。

他（从战地）又回来过一趟。回来拿东西，很匆忙，很快又走了，详细情况我就不记得了。北京乱了，人心也乱了。当时家里还留下40多卷胶卷，是小方准备去采访“饥荒”时用的。那年四川闹灾，老百姓吃“观音土”，小方原准备去四川拍照，不巧赶上了七七事变，就上了前线，一直就没回来。

北京城里人心惶惶，老不见他回来，也没处打听去。（后来）报上就再也没有小方的文章了，……随着时间的推移，我们越来越预感到不妙，肯定是遇难了。

生命的过程如同采摘，重要的不是收获多少，而是能够留下多少。

录音到此为止，100分钟的素材，从午夜到黎明，时断时续的声音反复地听了几遍。应该感谢陈申先生的珍贵记录，这难得的音频资料，不仅保存了方澄敏对于哥哥的声音痕迹，也在抑扬顿挫的气息里，为我的寻找之路，复活了一个年轻的生命。

三

@方大曾

遗憾的是，长期的沉寂，使你作品的价值并没有在最初得到公众的认知，以至于一段时间，照片知音者渺渺，文字阅读者寥寥。一同在战地采访过的同行，也没有抵过命运和岁月的折磨，范长江、孟秋江憾然离世，知情者日益稀少了。

离京寻访

陈申老师一早电话，约我与台湾来的庄灵先生见个面。我正准备下午去保定，他说正好中午吃饭顺便践行，这一天是 2000 年 8 月 10 日。

庄先生是知名的摄影家，其父庄严曾任台北故宫博物院副院长。

我背着行囊跟他们碰面时，陈老师点的豆汁、焦圈已经上桌，尽管在北京居住多年，对这两样吃食我还是不大习惯。

因为陈申，庄先生对方大曾有所了解，说他片子拍得好且失踪得可惜，还问我此行有了什么目标？见我否定，他放下喝豆汁的勺子抬起头说："那你去干什么？"

是啊，我去干什么呢？

只是通过找到的几篇通讯，大致了解小方失踪前的两个月所行经的地点，除去京津，他到过保定、石家庄、太原、大同和蠡县，不知道一路上能有什么发现。

单身宿舍墙上贴着小方的照片，我想一睁开眼就看见它们

当天下午三点，在京西六里桥，我坐上了开往保定的长途车。

经过宛平城，透过右边车窗，蓝天下深灰色的城墙越发沉重。方大曾穿越封锁线到达的地方近在眼前，他笔下的城还在，墙角下死去的骡子早就归化成尘。

闪念间，一个身背相机青年的身影与灰墙叠加在一起，渐隐渐显由清晰旋又平淡，“城角上飘着一面停战的白旗，城上有几个保安警察在放哨。”在《卢沟桥抗战记》里小方描述，“宛平县只有东西两个城门，东门是紧闭着，要从北边绕过西门才能进去。城门开了一半，警察领我到警察局，蒙一位于巡官陪同到各处拍摄战迹照片，并以事态之详细经过见告。”

永定河已经干涸，河床上黄沙铺陈，如果不是有传说中的卢沟晓月，怎能相信这里曾经水明如镜？

车行自东向西，正与小方当年采访路线同向。

在我半梦半醒间，卢沟桥西岸守卫的士兵、沙袋大刀和“醒狮”雕塑迎面而来。

“守军盘问我，我说是从北平来的，他们很兴奋。又问我，日本兵撤退了没有？我即据实告以并未撤退，且正在增援中。听了这消息之后，兵士们都感觉极愤恨。”

“我站在卢沟桥上浏览过一幅开朗的美景，令人眷恋，北面正浮起一片辽阔的白云，衬托着永定河岸的原野，”小方感叹：“伟大的卢沟桥也许将成为伟大的民族解放战争的发祥地了！”

没有独立的精神，就没有自立的品格。

如此洞察预言，真的不简单，这样想着，长途车已经过了杜家坎。

在长辛店，作为卢沟桥事变后新闻界第一个抵达者，小方拍下了躺在担架上将转往保定疗伤的金振中营长，拍下了员工慰劳团，拍下了扶轮小学童子军为抗战募捐。这些来自第一现场的珍贵照片，如今是各大抗战馆的经典标配，却鲜有人知拍摄者是谁。

长途车上了京石高速公路，良乡琉璃河过后，平原开阔，烈日灼烧，河北省界已在边缘。

手里线索少，心里底气无，贸然离京，我会遇见什么？可是不出门，线索又怎能自己跑进来？

不行动，理想永无起点；不务实，梦想永无结果。

选择与小方采访相同路线和季节，这一程，至少能获得一些与他当年近似的身体感受吧。

我怀着温暖出发，是为了带着温暖归来。

假记者

见到孙进柱，笑呵呵，挺瘦的。

他是我离京寻找方大曾认识的第一个人。

在保定地方志办公室，没有寒暄，我们开门见山，此行，就是为了找寻小方失踪的线索。

寻访是件苦差，自然是没人管饭。我和孙进柱，在路边店花 58 元吃了火烧，聊保定聊小方。竟发现，眼前憨厚的他和我是同类的人。

事后知道，此刻老孙心里打鼓。同事提醒他，防着我，不是假记者，就是拉广告的，不然，怎么会坐长途汽车来?

亚华酒店 6017 房间，凭窗看灯火初上的保定，脑际间，小方通讯中的段落与眼前的城市建立着联系。60 多年前，他与范长江汇合的保阳旅社在哪里？什么地方还留有他的痕迹?

那一夜，保定下起了小雨。

走在湿漉漉的石板路上，第二天一早，我随孙进柱和保定史专家尤文远登上城市的制高点大慈阁。

日军围攻时，大慈阁是郑洞国部的火力点，居高临下万夫莫开。弹痕累累的老城墙，坑坑洼洼的，墙面是见证抗争的底稿。

寻访保定，尤文远（左）成了小方的同路人

直隶总督府、淮军公所和莲池，或许也留下过小方、范长江的足迹。国难当头时刻，哪里停顿过他们的目光，拨弦过他们的内心?

1937 年 8 月，和范长江的约定：小方先到保定附近采访，而后计划再向北进发。

危险之中已没有冲扩照片的条件，小方把拍完的胶卷带在身上等机会冲印，然后再传递出去。

8 月 11 日，小方在保定写《前线忆北平》，这一天，恰与我们实地考察同月同日，只是相隔了 63 年。

历史并不是书写在纸页上的冰冷文字，它存留在现实中可伸手触碰的任何地方；虽然不发声响，却拥有生命，只不过是以自己的方式始终存在着。

街面上驴肉火烧飘香，小方会不会也被味道吸引过? 孙进柱、尤文远和我这个“假记者”围拢在拥挤的餐馆里猜测着。

我们说小方，像家人一样，揣测着他在保定遇到的种种可能。

天炎地热，汗水将衣服与身体粘连在一起。

举着散啤酒杯，看着湿漉漉的我，他们半开玩笑：要是来采访领导，你就不会遭这个罪了。

前不久，尤文远先生辞世，热爱小方的人又少了一个。回想当年保定寻访，他宽厚的面容、浓重的保定口音霎时击穿岁月的坚壁，又熟悉又亲切。相识多年，我们之间，只有真没有假。

小方在保定

2024年农历四月初八，佛诞日，丽日朗空，心情跟天气同样欢喜。

又停笔数日，糊口杂事纷扰，顿顿止止，书写至此，不觉已多时。小方与我的纸上旅行，有时竟找不到落笔处，幸有气息联系着。

岁月的印痕，刻在心上叫作记忆，刻在脸上的叫作纪念。

照片上的方大曾看着我，眉清鼻挺口阔，目光里透着沉稳，着长衫，神肃然。拍照的这天，许是1937年6月24日，北平第一届摄影联展开幕的日子。

小方携十余张作品参展，两周后，卢沟桥事变爆发了。

从2024年回望1937年，历史虽几页而已，然时空跌宕，物象叠累，终将简单演绎成复杂。

窗外面，红衣小孩子在哭，大人哄，递糖，又咯咯笑。细想，哭哭笑笑，人生如此，过往亦然。

7 月 27 日夜，保定，小方得知北平四郊发生战事。

7 月 28 日晨，小方乘赴平的火车，赶往前沿观察。

7 月 29 日，折回，保定下车，时已午夜。城门紧闭，路上戒严，小方和《新闻报》记者陆诒夜宿车站附近的小旅馆。

7 月 30 日，早上进城，小方到保阳旅馆找到范长江；见平安归来，范先生高兴得跳起来。

平津沦陷后，保定的战略地位凸显，战局由冯治安掌控着。

“大刀片怎么能和人家的飞机大炮比呢？”

“华北亡在二十九军手里了！”

在车站，小方遇见七个从北平来的学生。其中一位是他的朋友，原本是借暑假到山里去消夏，日军攻陷西山的时候，他们就越过香山，沿着山路逃到坨里，又经良乡抵保定。

不久，又有七八个南开大学和东北大学的学生跑来，大家谈论前线见闻。骨肉离散，音讯不通，无书可读、无家可归，他们说，如今只剩下一条命。

下午一点，日军五架飞机轰炸，保定车站设施尽毁，铁路瘫痪。

除发出空袭警报之外，别无其他防空措施，小方、范长江和陆诒见一辆开往石家庄的客车弹痕累累，50 多具尸体血肉模糊，附近房屋都炸成一片瓦砾。

能被不经意遗忘的，往往是无足轻重的；能被不经意记住的，常常是刻骨铭心的。

摄制组追随小方的足迹

拍摄纪录片时，我采访保定轰炸亲历者王益民，他记得清楚，经常一起玩耍的小伙伴当场被炸死，残肢挂上了树杈，惨极了。

回忆印证了小方拍摄的惨相，同年八九月间的《申报》《良友战事画刊》《大公报》上，刊载着他的工作成果。这成果，揭露真相，承载历史，是用命换来的。

上海战事趋紧，小方继续留在保定采访。此刻，他已有家难归。

而我，此刻也无路可走，无论如何，只要内心愿望不灭，就没有停止脚步的理由。

经过蠡县

蠡县，保定东南约50公里，方大曾最后的消息由此发出。

一整天，我在酷暑中探寻。街头有小贩叫卖，三五个声源混杂着，听不清卖东还是卖西，这地方，像个大集镇。

《保定大事记》记载，1937年9月14日，涿保会战全面展开，日军投入兵力近9万人，中国军队约12万人。

9月18日，涿州沦陷，河北省政府第一专署撤离保定南下。同日，小方自蠡县发出通讯《平汉线北段的变化》。这一篇，是在战纷中草拟于保定的。

秋老虎下的田野，烈阳笼罩。因为与当年是同一个季节，沿路上，我拍摄了粮田、青纱帐和途中景象作参照。想必60多年前，小方也是在这种环境中进行战地采访的；不过当时的氛围是紧张的，炮火把一切都变得满目疮痍了。

张姓司机师傅告诉我，几十年来春种秋收，沿途的风景几乎没

去蠡县的路上，与小方相同的季节

有改变。

即便是浮云，也曾装点过真实的风景，即便是虚无，也曾填充过平淡的时光。虽然浮云易逝，虚无易碎，却都从内心经过过，或多或少残留着生命的痕迹。纵然视而不见，也难一概忘却。

天空晴朗没有一丝风，小方当年看到的沃野会不会如此清澈？空中布满战云，心中充满疑云，他身背摄影器材和行囊在炙热中独自徒步行进。恍惚中想，他会不会又热又渴又饿？会不会不知晓暮投何方？

一路行进，仿佛在空旷中听见一个声音，诵读着他在《保定以南》里写的句子："这是一个全民的抗战，是一个生死关头的民族解放斗争，每一个国民都应该并且必须组织在抗战行动之下。只有这样，我们才能够把握着最后的胜利。”

我随蠡县宣传部干事刘轶峰，还有地方志负责人鲁春芳寻访老邮局的旧址，就是小方当年可能寄发消息的地方，现今已改成酱菜园。环境变了，周边是崭新的楼房，旧迹已经无处可考，只能看个大概的位置。18 年后，我又与河北大学的同学一起来此寻访，酱菜园还在，旁边的老建筑却又少了很多。

查阅蠡县志有关抗战初期记载寥寥，适逢战乱谁会注意到一个漂泊不定的记者?

在鲁春芳的帮助下，我找到了魏汉民老人。据他回忆，1937 年 9 月 18 日县里召开了约两万人参加的纪念国耻抗日动员会，地点在大戏楼。当时他 13 岁，印象中有人拿着方匣子拍照，至于是不是方大曾不好确认。

我猜测，如果当时小方在蠡县，这么大规模的集会他是一定要到场的。而方澄敏曾听柳湜说，同一日在山西太原海子边的抗日纪念大会上见过小方，一日之内往复两地，在当时的条件下绝无可能，哪一个会是真相？我推测着。

在蠡县的寻访，小方的故事让每个知道他的人激动和惋惜，人们热切地关注着他的命运，揣想着失踪的种种可能。不断地希望又不断地失望，倘若没有明确的终结，大家宁愿相信小方还活着。

初次见面的朋友围桌而坐请我吃饭，热情而亲切。寻访数月来，这是我唯一被请的一顿饭。

因小方结缘，也不知道该怎么表达谢意，我将一大杯白酒灌进肚里，霎时泪流满面。命运多舛，寻访路难，此时全被眼前的温暖引燃。

记得小方也哭过。一个傍晚，在蠡县附近，他看到一大批伤兵结队缓缓走着，经过部队哨岗时，士兵们严肃地举枪敬礼："记者被感动得落泪了，尤其是夜色朦胧中，给这一幅画面增加了百倍的伟大。"

不同的情形，同样的感动，相隔半个多世纪的前后辈应该是一类人吧?

《平汉线北段的变化》结尾处，写着"九一八，写于保定寄自蠡县"。而后，小方又致信邯郸的亲属，表示要继续北上，以达到长江先生给他的任务。为了那份肯定信任，以行动和生命回报。

是的，感恩那些帮助过你的人，铭记那些激励过你的人，原谅那些误解过你的人，忘掉那些伤害过你的人，你，就是一个不一般的人。

告别朋友，我也将随小方的任务，去完成自己的任务。

寻途笔记

一

乘依维柯客车从保定奔石家庄，原本 10 点 40 分发车，客未满，车子就停在路边揽客。

11 点半客车才摇晃着上了路，柴油味很大。车厢里有买卖人，有扛着大包小裹串亲戚的，还有苍蝇飞舞着。

从河北省博物馆出来，老式的展板和发黄的历史照片混淆着，20 世纪 80 年代计划经济的味道。空旷的大厅，与街上的熙攘相比，显得不知所措。

展陈中，小方拍自卢沟桥的照片赫然在列，讲解员也不知道它来自哪里，作者是谁。

二

查地方志去报社，没有任何关联的线索。

同样的季节，方大曾在此中转：“石家庄是个繁华地方，并为正太路之起点，乃通山西之要道，这里的人口自然相当复杂，因之也是便利汉奸活动的地带。”

这段记述和面前的石家庄有什么联系呢？除了繁华和地理位置依旧，其他恐怕早就不存在了！

在石家庄，党史办公室的党福民和《石家庄日报》社的左荣发帮助我查找了大量抗战史料。离开时，党先生送我到火车站，我将按照小方《从娘子关到雁门关》里的路线，经井陉、娘子关、阳泉到太原。

三

陈旧的绿皮火车，行走在八月的暑气中。尽管开着车窗，依然炎热难当，我在大汗淋漓中旅行。因为是同一个季节，想必旅途中的小方当年也是这般模样。

由平原入太行，沿途有许多废弃的老房子，看样子也有大几十年的光景了，不知是否也曾经留住过方大曾的目光？一路上我与兴奋和联想做伴。

四

车到娘子关，突然天上雷声一片，骤然间下起了大雨。刚刚还是晴空，一下子就变了天，站台上的人跑空了，雨水霎时打湿了候车室斑驳的墙，天地间灰成一片。

“火车 11 点多钟从石家庄开，先还要经过一段河北省的地方，这一带是平原，过了产煤的井陉县，铁路就入了太行山，名字非常美丽的娘子关，即首当其冲。娘子关有雄伟的风景，在娘子关车站的东边二三里路，与平绥路上的南口居庸关一样，也是令人凭览的胜地。”

旅途中，小方看着沿途的风景心生感慨：“六年来，我们的国防前线已由东四省而山海关，而喜峰口，而平津，今天已经到了南口，难道说明天还再会退到娘子关来吗？我们但愿娘子关永远做它令人凭览的胜地，而不要沦为战场。”

击节间，竟忘我，发此感叹的似不是小方，而是出在我笔端。

几分钟过后，雨才慢慢小了，火车再次启动。这种忽来忽去的雨，让车厢里的旅客也都纳闷。

突发奇想，是不是自己在寻访中，无意间触动了哪根历史的神经，才会有这种猛然巧遇?

我真希望，这是小方传递过来的某种暗示。

五

娘子关以西，火车差不多全都在山谷里面穿行，工程的险峻实不下于平绥路，不过只是轻巧些而已。在这山里，蕴藏着极丰富的煤铁，而以阳泉为采掘的中心，但规模究竟还是太小。(小方《从娘

子关到雁门关·进入娘子关》)

火车一路经过方大曾在《从娘子关到雁门关》一文中写到的井陉、娘子关、阳泉，虽相隔60多年，但相信我们看到的是共同的风景，也有着共同的感受。

六

在太原逗留两日，我随方志办的朋友杨淮去了察后街、海子边，访问山西抗敌决死队成员马明，寻找小方通讯中描写的景物，收效不大。

七

到大同，小方的《血战居庸关》等通讯写自这里。按范长江的说法，敌机来了他们就钻进防空洞，警报解除，他们就转到城墙下面写文章。

大同党史办的韩保农告诉我，范长江曾经去过小南头村。我们也一路寻踪，在破败的观音庙里感叹岁月沧桑。

八

原牺盟会特派员屈健回忆，在大同南郊水泊寺乡小南头村的观音庙中，范长江等人和大家进行了座谈，介绍当前抗战形势，对日军的进一步行动进行分析，号召大家拿起武器保家卫国。

走乡串街，小南头村里觅“方”踪

在屈健的印象中，与范长江同来的有三四个人，其中有一个挎着相机的年轻人，精力充沛、活跃，很有礼貌。只是年代久远，他不记得这个人的名字了。

在我们面前，小南头村的观音庙已是残垣断壁，当年院落的围合格局还看得出，从前的模样却无处追寻。几棵枯树躯干支愣着伸向天空，新的村庄远离了这里，观音庙成了名副其实的历史的后院。

我不敢确定，屈健记忆里的“挎着相机的年轻人”就是小方，但是我相信，倘有一线可能，就要尽百分力量寻找。拍摄至此，除了一片废墟，再无回响，黄土掩盖了历史，也掩盖了一代人。

访问数年后，在水利部任职多年的屈健先生辞世，享年 100

岁。这一次，他连回忆都带走了，此后小南头村的往事，或许再没有人能够说得清了。

九

方大曾前后两次到大同，第一次是由此路过去绥远，这一次则是短暂休整再去前线。前后两次，局势和外部环境都发生了改变，心境也发生了变化，从小方的文字中也能感受到明显的不同。战争的阴云下，这个25岁的青年似乎更加理性，更加成熟了。

从查阅到的他的战地通讯以及同行们的回忆中得知，从7月10日到9月18日，两个月的时间里，其足迹遍布长辛店、保定、石家庄、太原和大同，几乎是哪里有战斗哪里就有他的身影。他用文字和图片把自己的见闻传递出去。在《大公报》《世界知识》《良友画报》上，人们能经常看到他的报道。读着身临其境般滚烫的文字，似乎更加清晰了，他留在泛黄纸张上的战地足迹。

十

2000年8月10日到18日，按照小方描述的行走路线调研，我乘长途汽车从保定到石家庄，然后乘火车到太原，最后乘汽车去大同，查资料、拍照片，为摄制纪录片做些前期准备。

返京，我将一路所见讲给陈申。他沉默了一下，根据目前的信息看，小方恐怕是凶多吉无了。

四

@方大曾

在长时间的寻找当中，我一直期望透过某种机缘，能遇见你的同学、朋友，或者有过生命交集的人。

闹市里的静处

翻阅文献，拂去尘埃，透过杂零的信息，问寻无声的历史，捡拾和缀连着那些散轶在岁月缝隙中的残片，在长时间的寻找中，我努力去发现与方大曾有关的人和事。

1931 年，李麟玉担任中法大学校长，学校成立了镭学研究所。同年把服尔德学院，也就是经济学系所在的学院，改称中法大学文学院，居礼学院改称中理学院，陆莫克学院改称社会科学院。

若按 1930 年入学算，小方应该是 1934 年毕业，与阎逊初、魏登临、陈钟慧、孙家玮等十人同班。当时，与他关系比较好的女同学、戏曲理论家齐如山的侄女齐伦在法国文学系。

《中法大学历届毕业生名录》显示，1934 年的经济学系毕业生名单中并没有方大曾，而是出现在了 1935 年的名单里，和夏隆台、曹承宪、黄淑清、孙以坚等九人一同毕业。前后一年之差，是方澄敏记忆有误还是别有原因？

2016 年秋天，我再一次去东黄城根北街甲 20 号中法大学的旧址实地踏查，还带了九岁的儿子瑞濠当小帮手。

据看门人介绍，当年在此办公的单位已经濒于解体，目前只能靠房屋出租维持离退休人员的工资和福利待遇。他把我带到院中一方 1931 年毕业生留下的纪念碑旁，告诉我这还是当年的老物件，没挪过地方。

一家艺术机构承租了中法大学旧址的大部分空间，正面的礼堂被用作展室，当天因正在布展，谢绝参观。右面的建筑就是当年方大曾就读的服尔德学院所在，走廊、楼梯和教室还是原貌。几乎所有的门都敞开着，工人们里里外外地搬运着杂物。据说是租金太贵，租客们已经承担不起了，不得不迁到别的地方去。

喧嚣散去，楼道里清静得发冷，顺着楼梯拾级而上，一间间教室，似乎还留着岁月的余温。

带着小方学生年代的照片经过一扇扇窗子，阳光照进窗口，黑白图片里清纯的脸庞随着找寻的脚步穿越而来。年久陈旧的水龙头有水流渗出，滴答清脆，像分针和秒针应和对答，讲述着封存多年的青春故事。

在中法大学的旧址，瑞濠帮我拍了几张照片。院子里很静，尽管处于闹市，依然沉寂如昨，未被打扰。

从楼里到楼外，北京秋天的味道扑面而来，树叶的边缘开始微微泛黄。从知道方大曾的那个秋天算起，花开花落十数载，年轮套

缺人手，儿子瑞濠来帮忙

着年轮，幼苗长成大树，不知不觉中，我们的经历已成为故事。

这个院落里，承载着小方的青春和美好时光。新思想的启示、新事物的认知、新风尚的影响，在他身上渐渐凝聚成一种报国为民的渴望。

“1/25，F.9，微薄的太阳，十一月底，下午四点”，这些字迹是小方留在一张底片上的，在黑白之间，快门响过之后瞬间凝固的影像，把中法大学女子排球队员的勃发青春，留存于历史的保鲜期。她们浅浅的微笑经年跨越，在今天的我们看来依然是那么亲切，毫无年代隔阂。可以想象，站在11月底微薄阳光下的方大曾同样意气风发。

经历有重量，回忆有质量。

秋天里的中法大学旧址，灰墙和碧瓦与蓝天相映。静默不言中，往事历历，陈如老酒，观则清澈，品则温厚。

岁月流长，今是昨非。

方大曾毕业15年后的夏天，中法大学奉命与解放区迁来的华北大学工学院合并，除保留校部及文书档案，各院系分别做了转学安置，经济学系被划归南开大学。从创办到结束，存在了30年的学堂就此落幕。

邻居

2016 年的秋天，我在租住地北京东单史家胡同，接到了交付冬季取暖费的通知，单位落款竟是世界知识出版社。这个单位与我住的 34 号院一墙之隔，在干面胡同。这一次难道又是巧合？

《世界知识》就是这家出版社旗下的一个主要成员。这本杂志 20 世纪 30 年代创刊于上海，因视野开阔，图文并茂，而被广泛关注。受时任主编金仲华函邀，方大曾担任过这本新杂志的特约记者。目前已知，他发表的 28 篇通讯和 1 篇译文中，有 6 篇发表在《世界知识》上，其中就包括著名的长篇通讯《卢沟桥抗战记》。

世界知识出版社在干面胡同靠中间的位置，门牌 51 号。这条胡同在北京鼎鼎大名，有历史记载 700 余年，近现代顾颉刚、茅以升、钱锺书、杨绛夫妇、梅葆玖等名人曾居住于此。

三四层的小楼，院落清净，门口的小书店里买了最新一期的《世界知识》随手翻看。忙碌的世界，早就把过往抛给了知识。

不久后，我拜访曾经供职《世界知识》的百岁报人于友先生。据他回忆，在当时，进步刊物纷纷问世，资历最老的当数《世界知识》。它时常刊登爱国舆论，特别是揭露日本一步步侵略中国的险恶阴谋。小方发表的照片和文字就属于这一类型，所以深受读者的欢迎。

1950 年 5 月，杂志社由上海迁到北京，而它所坚持的知识性和时事性的办刊方针未曾改变。

1947 年，我从四川回来以后，看到了我哥哥留下几件衣裳，一个雨衣，一个背包，还有一个箱子，旅行用的，别的就没什么了，都是很简单的用品。他没什么衣服。他的底稿一点儿也没留下。退休后，我去过《世界知识》杂志社，在干面胡同。我知道，他和这个杂志有联系，我就跟他们做自我介绍，他们就帮着我找资料。找出来一篇，就在那儿复印，七页纸花了四块多钱。（方澄敏回忆）

物是人非，与我一墙之隔的邻居，并不了解方大曾其人其事，甚至对这个名字是陌生的。他们能够帮助方澄敏的，只是找到一篇 30 年代署名小方的旧文。这薄薄的七页纸，正是亲临前沿阵地冒死换来的《卢沟桥抗战记》。

在东单，我居住的地点与方大曾曾经的家，直线距离千米以内。

没想到，《世界知识》与我一墙之隔

这条路，亦是我闲来散步的首选，每经协和胡同 10 号，必到门前缄默片刻。日子久了，凭肌肉记忆，似乎自己在心里也走出了一条路，一条缅怀友人、追问命运的未解路。暗想，心里住着一个朋友真好，无论如何都是有力量、不寂寞的。

并肩而行，把青春的模样留住，刻成来路的坐标；不管走多久，它都屹立在永远的春天里。

忽一日，方家对门破败的老宅开始装修，久已封闭的门打开了，一栋旧式洋房尽在眼前。走进院子，工人们忙着搬梯备料，见到我并无表情，自顾忙着。斑驳的砖雕上显露出岁月打磨的痕迹，尽管如此，仍难掩昔日繁华。它从前的主人，也就是小方家的邻居会是谁呢？

记得2000年拍摄纪录片《寻找方大曾》时，方澄敏一家已经搬离了协和胡同，对面的小楼内拥挤破败，完全失去了光彩。院门大开，形同废墟，我们走进去，里边的木楼梯油漆斑驳，踩上去吱呀呻吟，老态龙钟；那个时候还真不知道它姓甚名谁。想当年，方大曾一定是看着小洋楼修建的，出来进去，哪里留住过他的目光？说不定他也进过里面串门造访，对于新鲜事物，他总是有兴趣了解的。

由于对这座宅门的好奇，我开始查阅相关资料，方家的邻居开始渐出水面。

1930年，协和胡同10号院对门，坐北朝南建起了一栋三层西洋德式小楼，有半地下室，底层有围廊，屋顶为双折式，北侧有烟囱，用女儿墙掩饰，在一大片中式院落里，显得另类时尚。从三层矩形玻璃窗望出去，方大曾的家尽收眼底，百岁槐树翠绿婆娑，青灰色的院中祥和有致。洋楼的主人是华南圭，早年留学法国，中国营造学社社员，著名建筑师，曾担任过京汉铁路的总工程师，和方家一样也是无锡人。比邻而居，不知是偶然还是有意？

那一年，将满18岁的方大曾，考入了中法大学经济学系。此时，他已经在北平的摄影圈颇有名气，经常参加各种展览，开始在报刊上发表摄影作品。

方澄敏回忆，上大学后，哥哥就不再向家里要钱了，他用稿费支付生活用度，买胶卷、药水。自己冲洗照片，放大机是他用纸盒做的。他不仅是个摄影家，还是旅行家，周边的寺庙都去过。那时候没那么好的路，多半是步行，有时候骑自行车。“每次都拍好多照片回来，一开始不会洗时，在外面洗，后来钻研会了，就自己洗。他的照片洗得还是不错的，从小号到大号的，都是慢慢积累下来的。这么多年了，颜色不变。而且还热衷参加各种学生活动。”

和华南圭同是留学法国的李石曾，似乎兴趣并不在搭造自己的家宅上。他早年在法国开办豆腐工厂，以实业投身社会，人称“豆腐博士”。游走在中法之间，工业文明和农业社会的对比，如同汽车和马车的比较，优劣尽显。把法国先进教育制度引入中国，培养高水平的科学人才，办实业不如办教育；怀揣这一梦想，从 1918 年开始，他和蔡元培一起动员法国退还庚子赔款，用以加强中法文化交流。1920 年春，在留法俭学会与法文预备学校和孔德学校的基础上，两国知识界人士的共同努力下，象征教育合作的中法大学应运而生，蔡元培任首任校长。

最初，设在北京西山碧云寺的法文预备学校扩充为文理两科，改称中法大学西山学院，是该大学创建之始。随后，温泉中学的建立使这一教育系统更加完备。1924 年以“注重科学的精神”为宗旨的孔德学校在阜成门外成立。1925 年校方将文科移至东黄城根北街，改称中法大学服尔德学院，理科改称居礼学院，生物研究所改称陆莫克学院。1929 年成立中法大学药学专修科。

方大曾的人格形成，与李石曾开明办学的教育理念不无关系。大学期间，小方努力求知，积极参加社会实践，读书办报，参与组织爱国行动。大学成绩单显示，相对其他同学，他的军事技能成绩比较突出。

在长时间的寻找当中，我一直期望透过某种机缘，能遇见小方的同学、朋友，或者有过生命交集的人。沿着这一思路，我多次探访他的家人，寻觅知情者，实地踏查相关现场。

居住在北京四惠的小方外甥女张在娥（方大曾的姐姐方淑敏的女儿），把珍藏多年的家族相册交付于我。打开来，一帧帧旧照串联，一站一坐一笑一思间竟是一生。那些表情和身影，定格在过去的某一个年月日，通通被岁月打包标签为历史。小方如是，家人如是，协和胡同如是。

粉墨登场，有多少传奇成了过去？曲终人散，有多少故事开始讲述？生命流转，无非过去成了现在，现在又成为过去，唯有愿望美好，是世世代代不变的期待。

几个月后，我再次散步于此，华南圭旧居已经修缮一新，紧闭着的朱漆大门再度光鲜，反衬出对面十号院的暗淡。

旧貌新颜，一切都远去了，老房子一旦涂上新颜料，就鲜有人再去问寻它的从前。自然，人们更关注当下和未来。

小方的三次被捕

在北京市档案馆数据库里，有关中法大学约有500条，内容是学校沿革、重要议事、教学安排，甚至水电用度记录，等等。

其中，一份《1932年1月19日北平市警察局内二区的案卷》引我关注，封皮上写着“解送中法大学王良骥、方德曾等十三人游行被捕案”，事由记录为：“当日下午，青年学生集会后赴市党部抗日请愿，沿街高呼‘打倒国民党’等口号，并捣毁数面牌匾，奉令将肇事学生揪获送局，记男女生十三名。”

小方的这次被捕，没有听家人提起过，无疑是一个新的发现。那一刻，我因欣喜流了泪，独自在冷清的检索室里掩面；不敢出声，悲欣交集算是体悟了。

案卷文本墨迹陈旧，因岁月萃取纸页干爽。大几十年的交融，墨与纸都褪去了火气，真实地结合在一起了。

是小方亲笔的书写，一笔一画透出晴朗。轻轻触碰，似两只无

小方（后排左二）与中法大学师生合影

形的手隔空攥握。一路寻行，他总是看得见摸不着，此时，竟近在咫尺。

案卷全文如下：

方德曾，江苏无锡人，中法大学学生，年十九岁，住协和胡同三号。

在南京被捕的同学蔡华义，是中法大学的学生，他前两天被放回平。他是我的小朋友，今天他告诉我，在法学院有一个慰劳他们的大会，约我去看看。本来法学院离我们很远，我是（想）不去的，正好因为家里叫我到西城有一点事。我的事办完之后，就顺便到法学院去了，到时已然四点钟，正是他们要出发游行，我就尾随着跟去了，我因为将病好，什么口号也没有叫。等他们到市党部去请愿，我也跟着去看热闹。后来，他们把大门关上，好些个人就将市党部的牌子打下来了，打了之后就都跑了。我也不知道为什么要跑，所以我等在门口，看看究竟是怎么回事再说。哪知道，不一会儿大门开开，一大堆警察追了出来，怕得我往西就跑，因为将病好，脚还不很得力，被三四个人给捕了去。一到市党部里，看见还有我们的同学王良骥也在那里，他叫我不要怕，我问他看见有我们学校的同学没有？他说他也没有看见。我真后悔不应该来，义勇军的军帽也丢了，我们每天还要练操呢！

方德曾　民国二十一年一月十九日

显然，这份《事情的经过》是打了“埋伏”的，“避重就轻”地把一个精心策划有意为之的行动，描述成了一个临时起意无辜被捕的偶然事件，足见小方的沉稳和机智。一句“我问他看见有我们学校的同学没有？”把他的心思表露无遗，少年老成，巧妙迂回，对抗日义勇军的身份“轻描淡写”。如此“经过”居然瞒过了警局，不久，他们被告诫一番后，未再深究，被北平抗日团体保释出来。由此看来小方走上救亡道路并不是偶然的。

方澄敏曾多次提到的李续纲（原共青团北平市委书记，解放后任北京市人民委员会副秘书长），是经常去方大曾家的朋友之一，14

岁参加革命，中共地下党员，北平一中共青团负责人，公开身份是学生会的文书。他与小方无话不谈，是高中校友，两人私交甚好。偶尔带人来方家开会，有时也住上几天。

后来，学校将李续纲除名，小方感到不公，跑去拍开除的布告；警察不准，最后被带走了，关了半天。这件事，家里不知道，解放后还是李先生告诉方家的。

方澄敏认为，从种种迹象来看，哥哥小方应该是有组织的。但他失踪后，环境更加复杂，虽经多方打听，却始终没有切实的认定。

还有一次，和小方一起办《少年先锋》杂志的方殷被捕。小方跑到其住所，赶在警察去之前把进步书籍都收走了，差点被抓住；回家也没说。这件事是我从方殷的回忆文章中知道的。

方大曾的中法同学中，还有一个叫高云晖的人，也是反帝大同盟的成员，曾任湖北省文史馆副馆长。我在搜寻中法大学史料时有一个重要的收获，就是无意中见到了高云晖的一篇文章，题目是《回忆农荅在中法大学和抗战初期》。文章中，他详细介绍了同学夏农荅的事迹和中法大学的往事，其中，就有几段提到方大曾。这些内容之前并未见到过，就连方澄敏也未曾提起。这一发现，增加了对小方大学生活的了解，也明晰了他比其他同学晚毕业一年的原因。

“一天，教师范文澜、王慎明、阮慕韩和同学方德曾分别被国民党省党部逮捕去了，过了好几天，他们才都被校方营救保释出来。”高云晖回忆：“方德曾是经济系学生，原本高一年级，此后被校方降了一年，于是和农荅同班（我和吴子牧年前已被降了一年，于是比农荅低了一班）。方德曾（我们都叫他小方）出狱以后，我曾问他为什么被逮捕，他说是为了‘互济会’的事。”

小方很少和家人谈起过在外面的事情。父亲方振东不大管他，也不干涉他的事；平淡和睦的父子关系，似乎给了方大曾更多思想空间和行动自由。母亲方朱理总是怕他胆大冲动，不时地提醒儿子遇事要小心；但并不阻碍他做事和交友，而且还默许支持着他的喜好，比如旅行和摄影。这样一种开明的家风，对小方忠厚局气、处事周全的品格形成裨益良多。

他的朋友很多，老师、同学、亲属，还有摄影圈里的熟人；大家喜欢他的不仅是宽容随和的性格，还有热忱正气、乐于助人的品行。

方大曾的家里人来人往，像一个客栈。在协和胡同十号前后两个院落里，方澄敏经常见到哥哥带来的或是来找哥哥的人，南来北往的，有时甚至还住上几天。当时她并不清楚这些人的身份和来历，后来才渐渐清楚他们都是进步的。她知道，比哥哥小两岁的李声簧是中共一大代表李汉俊的儿子，到燕京大学读书后，遂与小方有了交往；1929 年 5 月入党。还有好友夏尚志，九一八事变后，他与阎宝航等人在北平共同发起了“东北民众抗日救国会”，后被中共满洲省委派往黑龙江巴彦游击队工作；1932 年 7 月入党；解放后任国家轻工业部副部级干部。以及毕业于法学院的丹东人王兴让，曾担任过共青团北平市委宣传部部长，新中国成立后担任过商业部副部长。通过党的外围组织“社会科学研究会”团结青年学生的王经方和后来成为上海财经大学教授的汪鸿鼎等，他们都曾是小方家的常客。

从历史的角度看人生不过是一个点，而从人生的角度看历史却是整个世界。这一切，随着小方的失踪都戛然而止了。除了这三次被捕，他还有过什么经历？历史不言，或许永无答案。

北平之缘

我的资料中有几张陈申先生转来的翻拍底片，据讲是小方拍摄的“一二·九运动”，得自方澄敏处。

二十多年前，在拍摄纪录片《寻找方大曾》时就听到一种说法，小方曾经到过游行现场。苦于当时没有找到文字记载和有效证据，只能遗憾略去。

直到近年，偶见中法大学校友高云晖的回忆文章，小方现身“一二·九”才有了实证。

高先生在《回忆农荅在中法大学和抗战初期》一文中写道：“‘一二·九’运动中，示威学生队伍和镇压的军警在街头搏斗，他（小方）跑去照了很多相。由于他身材魁梧，长得很像一个外国人，穿着一身西装短大衣，警察以为他是一个外国新闻记者，不敢干涉他，于是很多珍贵的照片得以保存下来。”

另外，中法大学校友吴志如（又名吴子牧）的女儿吴小珊也曾回忆，父亲跟她提到过方大曾。当时中法大学不大，虽然不在一个学院，但是彼此很熟悉，他们一起参加过读书会，组织过学校的“抗日救国会”。“一二·九”运动的时候，已经毕业的小方返校参加，还拍摄了不少照片。

在小方留下的底片中，的确可以看到几张关于“一二·九”运动的记录，有街头游行的场面，有学生演讲的镜头，还有受伤者毛德贞、翁燕娟的病榻留影。

国民政府时任行政院长翁文灏之女翁燕娟当时在北平女二中念书，积极参加请愿，在游行中因军警镇压而受伤住院，在所有伤者中年龄最小。

值得注意的是，底片中有一张学生被捕的画面，曾出现在一部介绍埃德加·斯诺的纪录片中。这张照片是小方拍的还是斯诺拍的，目前尚无从知晓。由此推断，小方与他的美国同行斯诺似有不少交集。

1935 年夏天，方大曾从中法大学经济系毕业，几乎同时，斯诺被聘为英国《每日先驱报》特派记者，不久即搬到东城盔甲厂 13 号居住。斯诺夫妇与“一二·九”运动关系密切，留下了不少现场影像及报道。

1936 年下半年，斯诺从陕北回到北平后，向各报发稿，还在燕京大学讲演，向学生们做报告，展出了他访问陕甘宁根据地时所拍的 200 多张照片。

隐迹多年，小方拍摄的一二·九运动照片

小方似乎很喜欢斯诺的作品，高云晖回忆：“斯诺从延安回来，曾在美国兵营和协和礼堂放映所摄制的电影，小方告诉我，他曾去看过。”

小方的妹妹方澄敏也曾说，哥哥还邀请北平基督教青年会的高尚仁先生，一同观看斯诺访问延安时所制的幻灯影片。

在当时国民党统治的华北，他的这一行动，显然是极其秘密地进行的。

斯诺的笔和镜头说服了世界，自然也说服了方大曾。如果没有随后突如其来的战事，他被迫取消的一系列计划中，会不会还包含着一次延安之行？

从掌握的信息看，小方和斯诺见过无疑，但是否熟悉？小方和斯诺是否有过交流？

为此，我请教过新闻史泰斗方汉奇先生，得出的结论是，他们相熟的可能是极大的。原因有三：其一，以东单为圆心，小方和斯诺的家距离并不远；其二，北平基督教青年会是他们活动的交集，小方在此工作，斯诺在此办展；其三，共同的爱好、兴趣，或许还有共同的朋友。

事实上，小方遗留的照片中，就有数张来自斯诺的延安之行，包括陈赓、徐特立的单人像以及延安军政大学等。这些照片很可能是翻拍的，因为斯诺使用的是幻灯片，翻拍时需要垫一张薄纸，而小方留下的照片上恰好有薄薄一层纸质纤维的痕迹。小方为何能够翻拍斯诺的作品？是否来自斯诺的馈赠？未知待解，无疑又为这段新闻史佳话留下了一个令人遐想的空间。

不过，有一点可以确定，无论是斯诺还是小方，只要他们在场，就一定会将真相告知公众。

李大钊殡仪照

1993年12月18日，将要走到生命尽头的高云晖，在武汉中医附属医院41病房床上，给中法大学的同学王绍曾、李强写了一封信，信中回忆："中法大学原来在校致力于革命抗日颇为活跃有为的同学，如方德曾，如易叔成，现在知道他们名字的人已很少了，便在当时了解他们情况的也不多。这些同志在我这些回忆信件中都记叙了一些片段，总免致全部湮没无闻吧！"

讲到自己"几濒危弱，与闫老五只隔一层薄纸"，感慨"岁月匆匆，环顾四周，四五个班的同学大致已凋零殆尽，只剩下你们、我和李长山硕果仅存！"

这封短信是我在为写作《方大曾：遗落与重拾》查找资料中发现的。要知道，能见到中法校友提及小方的信息是多么不易，这一线索使我兴奋不已。

顺着这条线，我又查到了高云晖写的另外一篇回忆文章《回忆夏农苔同志在中法大学》，其中对小方（方德曾）有更为详细的描述。

“方德曾是共青团的活跃分子，他时常向我输送一些《红色中华》、英文《苏联建设》画报和海参崴、巴黎出版的一些革命书刊。还给我介绍东安市场的丹桂商场一家旧书店的老板，从那里可以秘密地买到翻印的一些党内书刊，如《中国大革命史》等。”

小方是共青团员？难怪方澄敏说，从种种迹象来看哥哥应该是参加了组织的。在当时来说，这重身份所从事的活动应该是在秘密状态下进行的。如果认定如此，那么方大曾的几次被捕，营救进步同学，参加救亡运动等行为就不难解释了。

> 暑假中，小方和我编写了一份学习研究社会科学理论的讨论提纲，内分哲学、政治经济学和社会主义三个部分。他弄了一架油印机，到我家里刻印了许多份，于是我们就组织了一个“读书会”，参加的人记得有王志民、曹承宪，北大的同学钱昌诶，春明女中的毛掬等人。每两个星期到我家中讨论一次，因为那时我家的房子多，而人又很少，非常空旷方便。大家讨论非常激烈，一谈就是半天，农苔虽未参加这个“读书会”，但他和曹承宪同班上课，同住一个公寓，关系非常密切，因此“读书会”的一些情况，他都了解，和参加了一样。

高云晖这段回忆里提及的夏农苔、曹承宪等都是共产党员，小方和他们又有什么样的关联？我对此心存疑问。但是年代久远，朋友们又天各一方，这个问号至今没有打开。

在方澄敏的遗物中，保存着一张用照片翻拍的底片，是方大曾的朋友解放以后转送来的，据称是他拍摄的李大钊先生的出殡队伍。这说法引起我的好奇，他为什么会去参加？如果“组织说”能够确认的话，那么问题就顺理成章迎刃而解了。

1933年4月22日，在北平的《晨报》上刊登了一篇李大钊先生出殡的讣告，这是他被杀害的第六年，之前灵柩一直寄厝在宣武门外长椿寺内。讣告是以李大钊先生之女李星华的名义发布，当时她是中法大学孔德学院的学生。

照片上，前面的几个人身披重孝，相互搀扶，缓步在市井当中，似是向摄影者的方面投来一瞥，在街边和酒肆中有人驻足观望。扶持孝子的那个人就是李某某（即李时雨），方澄敏对此印象深刻并留下了文字记录。

> 见识广博、为人忠厚、深受爱戴的李大钊是著名的共产党领袖，蒋梦麟、沈尹默等北大13位教授伸出援手，为他发起公葬，每人捐款20元；另外，北大教授李四光、郑天挺每人捐10元，马寅初等每人捐20元，梁漱溟等每人捐50元。外地故友鲁迅捐50元，戴季陶捐100元，陈公博捐300元，汪精卫捐1000元。

方澄敏遗物中的李大钊殡仪照

葬礼的前两天，北平党组织负责同志找到法学院的进步学生李时雨，指示他组织好李大钊同志的殡仪活动，特别是护卫好灵柩安全地送到万安公墓。李时雨出生于黑龙江巴彦，1931 年在国立北平法政大学读书时加入中国共产党。1934 年，打入东北军潜入西安“剿总”第四处，任中尉办事员。1936 年后潜入天津，在中共北方局社会部领导下，以天津高等法院检察官的身份从事地下工作。

经一位姓乔的乡亲引见，李时雨见到了李大钊的夫人赵纫兰，介绍时，说他是李氏家族中的晚辈，特意前来送葬，帮助做些事情。他们商定好，送葬时，李时雨头戴白色孝帽，专扶李大钊十几岁的小儿子，紧跟灵柩，不离寸步。这既是防备军警驱逐的措施，免得他像一般群众那样被驱散，同时也考虑到，万一他被捕，也可以说是李大钊的远房亲属，比较容易脱险。

4 月 23 日清晨，李大钊的葬礼举行。这天，长椿寺前殿里设了灵堂，中间挂一横幅，前后左右悬挂了许多挽联，两旁摆放了大量花圈。奏哀乐、读祭文之后，群众唱起了《国际歌》，气氛十分悲壮肃穆。

礼毕起灵，覆盖着绣有蓝色花朵棺罩的烈士灵柩，在群众的簇拥下，缓缓地被抬出长椿寺。李时雨扶着李大钊的小儿子，同李夫人及其亲属们紧随灵柩一起走，后面跟随着数百名送葬的群众。大家胸戴白花，臂缠黑纱，一些同志抬着李大钊的画像，扛着花圈、挽联和挽词，边走边向路边行人撒传单并高呼口号。

从掌握的信息来看，小方有多种可能参加了这次葬礼，和他关系比较密切的老师王思华（慎明），曾受到李大钊的启蒙，又是同乡，或许两个人一道前往。其次，这次行动是红色互济会出面组织的，方大曾曾因参与互济会的事被捕。再者，李星华是小方中法大学的校友，获得消息应该更为直接。

送葬队伍最前面是用白纸黑字写的一副巨大挽联，上联是“为革命而奋斗，为革命而牺牲，死固无恨”，下联是“在压迫下生活，在压迫下呻吟，生者何堪”，横批是“李大钊先烈精神不死”！灵柩抬过宣武门后，送葬群众已增至千余人，到西单时，只见不少群众在路旁摆出了祭桌。

宣读祭文声、燃放鞭炮声以及呼喊口号声连成一片，震撼着半个北平城。行至西单北大街时，李时雨回头往南一瞥，只见人山人海，望不到边。

有资料显示，队伍行至甘石桥，有人把早已准备好的绣有镰刀斧头的红旗，覆盖在李大钊的灵柩上。反动军警立刻从四面八方冲击送葬的群众，踢翻了祭桌，殴打朗诵祭文的人，用枪托子打散送葬的群众，逮捕了几十人。李时雨始终扶着李大钊的小儿子及亲属们，坚持把灵柩护送到万安公墓。

据北京研究李大钊生平事迹的专家介绍，先生的葬礼在当年的报纸上多有记载，但从没有配发图片。那么，方澄敏留下的这张照片会不会又是一个新的发现?

2024年夏天看到一本李时雨的回忆录《敌营十五年》。据记载,“文革”时有人从李续纲家抄来一张照片,李时雨一眼认出扶着李大钊小儿子的自己。可惜的是,照片一闪即被拿走,再也没有见过。

“文革”后,李续纲把照片交给了方澄敏,大钊先生出殡的瞬间得以保存,这就是不幸中的万幸吧?

岁月如歌,曲终人散。随着熟悉小方的师友先后离世,与他接触过的人越发稀少了。兵荒马乱,加之失踪时只有25岁,整个生命之旅仅仅开启一角,还没有人及时梳理他短暂的人生,收集他散轶的作品。恢宏之后,突然平静,如同一部磅礴的交响乐,只进行了序曲部分,听者还没有来得及回味,就戛然而止了。而乐手们,并没有留下半点解释,便纷纷退场。

寻方大曾的过程中,我曾遍翻能够找到的北平一中校友录、中法大学校友录和回忆文章,走进北京市档案馆阅卷,希望从人物关联中发现线索,也曾多次前往中法大学旧址、温泉中学(现北京市第四十七中学)、卢沟桥等地进行田野调查,力图在记忆重建里寻求答案。 应该感谢方大曾的校友高云晖先生,在几篇回忆文章中提到小方,留下了极珍贵的历史记载,为我的寻找与发现提供了新的旁证。

“际此国运日隆,新岁又临之机,让我们欢快地恭贺新春,互祝健康长寿吧!”

这是高云晖走过一生在信中留给同学们最后的话。而他与多次提及的方大曾之间还有怎样的交谊，也就随着时光的消逝渐渐尘封，成了永远无法打捞的历史。

由此看来，这张拍摄者或为小方，拍摄对象或为李大钊先生的殡仪照，或许是历史留下解锁未知的钥匙。那么，锁在何处门在何方?

五

@ 方大曾

你有一幅作品拍自天津劝业场：照片以剪影呈现；有光线的氛围中，尖顶的建筑、匆忙的行人、街头的景物和谐统一，难得的轻松感倏忽而来；平和安详中的某年某月某一天，被记录成为历史。你一定不会想到，时光走过 80 载，还会有后继者以致敬的方式寻踪而来。

一游到此

1935 年 4 月间，小方从北平乘公共汽车两小时到北安河，这里离城 60 里，是妙峰山下一个大镇。

妙峰山山路 40 里，沿途的乞丐很多，疾病残废者占半数，均露宿于沿山各石窟中。只就北道与老北道计算，经他数记，在 1200 人以上，其他两路较少。

在新近查到的文章《妙峰山上的形形色色》里，学经济的方大曾算了一笔账：假设全山乞丐总数为 1500 人，香客往返朝顶时间为 8 小时，若以香客人数 20 倍于乞丐而计算，则每 8 小时有香客 3 万人。因妙峰山香客日夜不断，故平均每日（24 小时）总计为 9 万人，半月中总数当有 18 万人。

香客只一小部分为近乡农民，大部分均来自 60 里以外。平津两大都市来者亦不在少数，各校学生及外国侨民借此旅行的也很多。富有者逛一次山要花费 30 元左右，贫穷者连香资及买些零碎物品也得用去一两块钱，就以每人平均消费3元计算，18万人要消费54万元。

此外更有庙会本身及各茶棚的消耗，总计起来，一次妙峰山的庙会，要花费60万元以上。小方在文中感叹：“国民经济凋敝到这样地步，虽然听到这小小的数目，也实在值得我们惊讶了！”

香客中以徒步登山者为最多，叫作“走香”，这也许是一个很好的民众登山运动。从老北道上山，小方估算，乘山轿的，每日有1000人，这是从山轿总数计算出来的。也有从山脚下开始，一步一叩，或三步、五步、十步一叩者，叫作“拜香”。拜香者之“诚”并不为奇，令他好笑的是，跪拜者中“居然还有一个是身配着新生活运动的证章的呢！”

在方大曾的不少文章里，他总能将见闻和观察加以思考分析，得出自己独到的见解来，而不仅仅是旅途描述。他能拍照、善思考，文章也写得生动自如，这样的记者在同时代是罕见的。即使在媒体融合时代的今天，他有图有真相有思想的表达，也会成为榜样。

方大曾的性格老成持重不失灵性，母亲说他爱冒险、胆子大，妹妹眼里的他开朗幽默，偶尔还会搞怪。

生命中每一天都是绝版，独一无二，无法复制。在他留下的底片中，有一张既非风光人物，也非新闻事件，观者往往泛泛浏览，并不在意。

照片上除有“大慈大悲观音古洞”的匾额外，并无特别，像是

妙峰山、千灵山留下小方不少作品，照片中为妙峰山香客

一张普通的留念。从环境地貌比对分析，地点就是千灵山观音洞。

京西千灵山观音古洞，因洞前曾有“观音庵”故得名。

据说，观音洞是灵山一带诸洞中最大、最深的一个洞窟，又名“太古化阳洞”，相传是庞涓修习武艺的居所，乃天然形成。后经数代人改造为佛教洞窟，正中间供观音菩萨。洞口往里深不可测，相传与永定河相通，当地人也称无底洞。洞内形态自然，颇有古意。明代《长安客话》还记载了一个故事：有人怀疑这个洞是不是真的通向永定河的无底洞，向洞内扔瓦砾，结果听不到落地的声音；还有人往洞中放了一条狗去检验，结果这只狗真的从永定河出来了。

在读图阶段，我并不理解他为什么要拍这样一张片子。出于好奇，把它扩放到电脑屏幕的最大，仔细揣摩，竟发现在匾额左上方的石头上，依稀有“小芳 1931.7.7”的字样，余者小字不清晰。

方澄敏说过，哥哥发表作品曾署名小芳，后改为小方。无疑，大学一年级暑期的这一天，他曾到此一游，是暗喻还是巧合？深深浅浅的几行字，他要留下什么？没想到，六年后的这一天，卢沟桥事变发生，而小方的命运也因此改变了。

东单距此 30 多公里，小方或步行或自行车，遍游京郊的山山水水，千灵山威名远播，自然要排在必到之处。

印象中 2015 年实地查看时，观音洞的石匾早已不知去向，洞口外观似乎并无多大改变。80 年，对人来说是一生，对自然来说是一瞬。

光线从洞外面照射而来，明亮耀目，菩萨微微含笑面容安详。寂静掩盖了时空的遥远，在时间的那一端，小方面庞青春、目光清澈，相机快门的响动清脆而来，在洞中回响，眼前的景物刹那间黑白定格，成为我们手中今天的历史。

令人疑惑的是，洞口上方的石壁，光滑陡峭，若无攀附物体难以触碰，小方又是如何将字迹留在那里，而且从容不迫？

观音像后面，阳光已经照射不到，一堵类似屏风的墙竖立着，侧面还有一道一人多高的门，门后面就是“无底洞”的入口。为了怕游人乱闯发生意外，景区还安装了铁门锁上。据当地村民说，无底洞到底通向哪儿，至今还没有找到答案。至于小方当年是否曾经进洞“冒险”不得而知，想必以他爱冒险的特性是会探个究竟的。

有一点可以肯定，方大曾远足的目的并不是单纯的游山玩水，从他留下的照片和通讯看得出，他对山川河流一草一木都有着情感投入，对于家国民生前途命运深切关注。否则，他对景物的选材就不会透射出赞美，他对人物的拍摄就不会显示出平等。

如果说小方和同时代的记者相比风格迥异，或是因为，他的镜头取舍多是以情感为标尺的，他的文章谋篇则是以情怀为标准的。

走过的路越多，才知道，没走过的更多。

海河边的足迹

北京之外，天津是与方大曾联系最紧密的城市。

国民政府南迁之后，父亲方振东在外交部档案管理处工作了一段时间便离开了北京，和几个朋友到天津做事情。

逢假期，小方和妹妹方澄敏便来看父亲。新近发现的一张照片是小方坐在父亲津埠电力公司办公室的留影。写字台前，十几岁的少年颇显老成，伏案执笔，目光沉静。

京津之间约 120 公里的路程，现在只需 30 分钟左右，而在 20 世纪 30 年代，这段距离要用上几个小时。

从少年到青年，方大曾往复在双城之间的旅行已经无法统计数目。铁轨的两端，一端是他生命的开始，一端是他事业的开篇。

时光来到 2016 年，9 月末的天气，已经有了几分寒凉，京津高速列车划过田野，风一般飞进着，我手边的咖啡还没凉，人就到了天津。

1935 年 6 月，方大曾中法大学毕业。因为相熟，北平基督教青年会少年部主任高尚仁，便把他推荐给天津中华基督教青年会的杨肖彭，在少年部任职员，这样对在天津工作的父亲也有个照应。

方大曾职业生涯的起点从兹起始。因与北平基督教青年会交谊深厚，谙熟会中事物，加之率真热情，善与人打交道，便很快进入角色。

他带领孩子们参加夏令营，学习野外生存技巧和专业知识，开办摄影班，讲解构图基础，培养审美兴趣。

业余时间，小方背着相机下码头，上万国桥，去劝业场，游走在海河岸边。在他的照片中，未经修饰的天津卫市井生活质朴呈现。

尽管历经岁月冲刷，这些地标在今天看来样貌依稀。

车到南开区东马路 94 号，一群身穿彩色舞蹈服装的孩子们鱼贯而出。小方曾经工作过的青年会旧址，当下成了天津市少年宫。

左边，隔着一条马路，是大胡同商业区，系华北地区最大的小商品集散地；素有“南有义乌，北有大胡同”的美誉。

会址右边，拔地而起两座现代化的购物中心——新安商场和远东百货。对面的古文化街还保留着老面貌，天津银行的招牌上面还赫然镌刻着“官银号”，连缀着旧日时光。

扶手油漆脱落斑驳，显露出暗黄的铁锈色。进入一个高拱门，踩着砖红颜色亮面漆的楼梯拾级而上，脚下不时传来吱呀的声音。

“这个楼内部都是木结构，从 1914 年建成到今天已经被翻修过

物是人非，天津中华基督教青年会旧址面貌依旧

好几次了，不用担心。”接待的同志告诉我。

拉开两扇木制的大门，四五排正在上舞蹈课的孩子们，随着音乐的律动扭动着幼小的身躯，欢声笑语充斥着整个屋子。

二层有圈廊的排练场，据说就是天津第一个室内篮球馆。虽经过百年仍看得出当初的气派。

“哥哥生性活泼，喜欢跟孩子们在一起玩，因为他很聪明又有趣，孩子们也喜欢他。”方澄敏回忆：“当别人看到他的大个子出现在欢蹦乱跳的小人群中，就会亲切地叫他‘小方’。”

在这栋有木头味道的老建筑里，我们似乎听得到，杨肖彭在叫他，孩子们在叫他，那声音穿越而来，仿佛昨日重现。

少年部的活动丰富多彩，参加者多数是小学生和初、高中生，除了定期的夏令营，青年会的游艺室和篮球馆也经常开展文体活动，小方负责组织，也积极参与。

由于英文出色，杨肖彭也曾带他和几位同事到西湖饭店参加“联青夜”活动，开阔眼界，跟社会各界广泛交流。

对于方大曾的摄影爱好，工作之余杨肖彭给了更多的便利，允许他四处走走，更多地接触社会。

不久，小方与吴寄寒和燕京大学新闻系毕业的周勉之等进步的青年知识分子，在海河之滨成立了“中外新闻学社”，其宗旨是通过研究新闻和新闻写作，向国内外传播学生运动及抵御外侮的图文报道。由于关注时局，贴近民生，短短的时间内，新闻学社发布的消息和照片被上海、北平、天津等地的报刊大量采用，迅速在国内外新闻界产生了影响。

从天津站绕行进入解放路。100 多年前，由于这条路贯穿英法租界，法国人称它为大法国路，英国人称它为维多利亚道，中外新闻学社旧址就位于解放北路。

马路两侧枝叶轻颤的法国梧桐，遮住了微微刺眼的阳光，一幢幢青色中发灰、巨柱支撑门廊的西洋古典建筑向车后窗掠去。

小方当年从基督教青年会到中外新闻学社，应该就是由此经过。

车窗外，仿佛看到了一个年轻的、急匆匆的身影，偶尔停下来，举起相机调焦拍照，那瞬间凝固的影像立刻幻化成我手上照片中的一张。

再望出去，青年的身影不知所终。摇下车窗，现代化城市的声音和味道迎面而来，竟一时分不清是现实活在历史里，还是历史隐存现实中。

中外新闻学社的旧址现为天津和平金融创新服务大厦，坐落在解放北路与滨江道交口西北侧，原是 1917 年设立的新华信托储蓄银行天津分行。新闻学社创办初期，因有社员在这里工作，遂将此作为联络地点和落脚点。

大厦前的路边上，聚集着三五辆卖早点的小推车和簇拥在旁的老人，炉子上尚未出锅的煎饼馃子正升起腾腾的热气。

在小方镜头里庄严冷峻的金融银行布满的中街，如今俨然充满了街头巷尾本应具有的人情味。

小方拍摄过新华大楼的一角，画面简单：几个商人模样的人，衣着光鲜从边门前经过。想必这个偏于一隅的角门就通往中外新闻学社。

门前的轿车和街边打盹的人力车夫在不经意间构成了社会的两极，有钱的和没钱的。照片右下角一个正在拉脚的车夫，显然注意到了街对面拍照的小方，眼光蓦然瞥来，显得好奇而匆忙。

为中外新闻学社提供照片和通讯的两年间，方大曾的主业悄然转移，渐渐成长为一名职业新闻记者，目光由天津投射向更远的地方，关注点聚焦于国难和民生。

1937 年《国民》杂志第 2 期，刊登了方大曾以中外新闻学社记者的身份撰写的《天津通讯 走私在海滨》，报道图文结合，简洁直观，细节描述颇具现场感。

文章中，他清楚地向读者描述了实地所见的走私现象，并痛陈这一顽弊，流露出青春的正义感。

今天看来，天津时期是他蓄势待发的阶段，他要做一个“顶天立地记者”，随时准备牺牲。

顺着海河沿岸向西南方向辗转至和平路商业区，“天津劝业场”五个金色大字的牌匾依旧高悬在鳞次栉比的尖顶洋楼上，被重新粉刷的马车铜像隐隐遮住了岁月的斑驳。

方大曾有一幅作品拍自劝业场：照片以剪影呈现；在光线的氛围中，尖顶的建筑、匆忙的行人、街头的景物和谐统一，难得的轻松感忽倏袭来；平和安详中的某年某月某一天，被记录成为历史。小方一定不会想到，时光走过 80 载，还会有后继者以致敬的方式寻踪而来。

继续向西几百米至哈密路，坐落着一排素雅的两层白色小楼，“大公报社旧址”几个烫金的字体印刻在白石匾上，分外醒目，这地方现在是一家经营眼镜的店铺。围绕在房子前的是一排半人高的象牙白花坛，茂密旺盛的棕红色叶子满得快溢出来了。

当年联系发稿业务的小方，是否也在同样的季节里来过？鼎鼎大名的《大公报》可曾知晓，这个高大英俊、礼貌谦逊的年轻人，会给报馆带来惊天动地的荣光？

在天津工作不到一年，方大曾转任北平基督教青年会少年部干事，离开了海河两岸的喧嚣，另一个身份仍是中外新闻学社记者。

口泉

拍摄纪录片《寻找方大曾》的时候，在大同调研顺便也看了眼口泉。20 世纪 90 年代末，和北方众多的地方类似，小小的一个集镇没有什么特别，晃了一圈连张照片也没拍。日子长了，印象慢慢慢慢就淡了。

当时我并不知道方大曾写过一篇《矿区杂记》，在《大众知识》1936 年第 5 期发现它已经是多年以后的事情。他拍摄的井下采煤的照片倒是见过一些，原以为是在京西门头沟拍的，也就没大在意。

原来口泉有煤矿。伴随着阅读，我不断检视自己的记忆，懊悔当年“势利”地忽略，只顾着奔向大的目标，不承想错过了小方在此停留了十几天的足迹。

口泉的煤产，20 世纪 30 年代中期主要由三个大公司经营，即晋北矿务局（简称北矿），同宝公司及保晋公司，当地以土法（即人力）开采的所谓“煤窑”，则多至 200 个以上，矿山绵延 80 里。

80多年前一个晴朗的早晨，有赖朋友的介绍，方大曾走进了“神秘的矿区”。在南沟矿，一个受伤的工人，乘着连接升降机，从井下被扶上来，这是小方到矿区采访的第一个印象。开始他还对矿上的生活感到新奇，直到深入井下，恶劣的环境，超长的工时，危险的压迫，矿主的残酷，将好奇化成一团内心的紧迫。

> 因为矿里黑得要命，推运煤车的工人，只在脚前携着一盏油灯。他们只顾拼命地推车，除了脚跟前一点点的空间之外，别的完全都看不到。更不能理会到前面有什么人，就连自己还往往因后面的煤车赶上来，而被撞伤。所以井下的危险是具有立体性的，上，下，前，后，左，右各方面均闻楚歌！

轰轰隆隆的车轮响声，让一个陌生的参观者感到可怕，但车轮间或停止时，则非常寂静，阴森森，又同样令人害怕！

> 死亡抚恤金只有50元，但和他们日常可怜的工资比较，这已然是一个不小的数目了。实行里工制的北矿，每班普通工资为二角八分六，这就是出卖生命的危险在黑暗中工作八小时的全部代价。在这里，死，是很平常的事。（小方《矿区杂记》）

早晨六点，下午两点，晚上十点，是矿工换班的时候，从底下上来的人，呼吸到分别了八小时的新鲜空气，自己会疑惑这是一场梦。“实际上这不是梦，而是得庆再生！不过这再生不是为了自己的幸福的享受，倒是叫他准备着恢复精神之后，好再下去工作。所以这再生也就没有什么可庆幸的了！”“一班工作完毕之后，也就如又活了一辈子，窑工们就这样循环着延续他们的生命生活！”

口泉是个煤炭重镇，据说因沟口有岩岭泉，而得名。在搜索引擎的帮助下，口泉信息瞬时到达，在《大同府志》里记载：口泉，导源坤云山北口泉峪，汇为方池，池上结小亭，西有桥，历桥徒登数十梯而上，有泉神武，庙左古井一，乃泉源也。其水东北流经烟岭村，又东北经口泉村，又东注武川水。

口泉镇东西一条街，二里半长，房屋鳞次栉比，有瓦房、土房，有窑洞、四合院，有二层楼，据说，北魏时期此地的煤已大量开采。

碎煤的灰尘，炸药的云烟，潮湿的水汽，把整个矿井填满了，人的呼吸感到非常地困难。小方看见，井下的童工来回送着修复好的镐针，他们都是一些十二三岁的孩子，井下“阴暗，森冷得很，不知道这些可爱的孩子们是不是会害怕呢？”

在同时拍摄的照片中，小方还记录了许多煤矿工人的生活情形：条件简陋的井下采煤工作面、衣衫褴褛的采煤工、捡柴做饭的煤矿工人，一幅幅照片令人触目惊心，心酸落泪。这些珍贵的影像，如果不是作者俯下身子，放低身段，走入矿工生存状态的隐秘角落，是不可能拍摄到的。尤其是下到采煤作业面，危险系数很高，没有获得高度的认可，是不会有人愿意引领你下去的。他力求最及时地出现在最佳的拍摄位置，尽可能靠近所拍摄的对象，尽可能多的角度进行拍摄，在最关键的瞬间按动快门。小方与镜头中的人物确立了真诚的信任与理解，图像定格的那一瞬，他们似乎忘记了生活的重压，拥抱了片刻安宁。

方大曾以自己经济学专业的角度看来，晋北煤最吃亏的地方就是运输费。“兹以一吨煤的运价来算，从口泉镇经大同至丰台，四百零三公里长的路程，运费须三元七角，从丰台运至塘沽海口，一百六十五公里长须一元六角五分，从塘沽下火车上轮船的装卸费要四角五分。由轮船往上海市场上出售，还得二元至三元的运费。总计起来，只运价每吨就已合八元以上，而上海的市价平均只为十二三元。”

盘桓数日，内心沉重，离开口泉的时候小方禁不住发问：“矿工们已是一代传一代的忍受下去了，但不知这一代人是不是也会就这样过了他们的一生？”

你能行走多远，天地就有多广；你能容纳多少，舞台就有多大。

多年之后，随着口泉镇附近煤炭资源逐渐采空，昔日的繁华已经远离了这座古老的城镇。大多数的年轻人已经迁往城市，还有一些世代为矿工的老人因割舍不下的口泉情结而留守。不知道他们的父辈是否与方大曾相遇过？世事变幻，根脉未绝，山坡上的穆桂英坡、孟良城、皇醠观和千佛寺一定会记得小方年轻的身影。

当年小方因未能登临雁门关抱憾，往大同时，转乘至此凭吊

路途是标尺，要用行动去丈量；想得远，不如走得远。

这些年来，一直想着再去口泉，无奈计划被杂事和工作拖着，真不知道什么时候才能出发?

经过红格尔图

在略显陈旧的纸张和隐隐袭来的霉味中，一本 20 世纪 30 年代由丁君匋主编的《今日的绥远》将绥远抗战的场景推在眼前。其中，小方的《绥东前线视察记》《兴和之行》《从集宁到陶林》三篇通讯，是他绥远之行的重要成果。

旧书摊上的不经意发现，弥补了小方单人独骑采访的空白。

绥远前线因一场久违的胜利，激发了国人的爱国情怀。在众多劳军人群中，身背相机、头戴坦克帽的方大曾忙碌紧张，他尽可能多拍照片，多做笔记，将这里沸腾的氛围、将士们的豪气，通过照片通讯传扬开去。

小方的三篇文章外，率领清华学子劳军的曾昭抡教授的《绥行日记》也赫然在列。我不知道，远在平地泉、集宁，或是在红格尔图，方大曾和曾教授会否谋面？但是在这样一本书里，他们曾经相遇过。

2017 年 10 月 30 日到 11 月 2 日，为追寻方大曾的足迹，纪念他绥远之行 80 周年，我与陈申、孙进柱沿着当年小方的采访路线前往内蒙古进行实地考察，沿途过集宁，访红格尔图，翻越灰腾梁，前往四子王旗乌兰花镇、王爷府、锡拉木愣庙（大庙）等地，后抵呼和浩特。这些地点，正是小方这三篇文字触碰过的地方。

阴山绵绵，草原茫茫。一路感叹，当年在极度严寒的环境下，只身匹马，行程数百里，边拍照边写稿，小方是如何挨过各种困顿的呢?

四天时间里，我们驱车 1500 公里。当年的碉堡、战壕、掩体犹在，只是变得隐约。时光打圆了它们的轮廓，一岁一枯荣的原上草，又覆盖了它们的皱纹。

红格尔图镇，方大曾、范长江等人落脚的敬原堂旧基残存。80 年前的景物在目，只是不见了那一群意气风发的青年。

红格尔图是蒙古族音，也可以写作红根图或红格图，是绥东陶林县属极东的一个重镇，恰当察绥交界处。

这一带地形，没有什么高山峻岭，只是些起伏的丘陵。小小的红镇，即在一块丘陵的洼处，南、北、东三面环山，只有西面是较平的，直通陶林县的大道，故此地是从商都通绥北的咽喉。

与镇上的书记、镇长采访交流才知道，红格尔图地貌特殊，周边有火山，土质肥沃。这里的土豆闻名遐迩，颇受欢迎。

我仔细端详着土豆，红皮、均圆、煮食甘绵，竟不由得想，骑

当年的战壕在红格尔图面目清晰

一师二团张培勋团长在前线请小方吃的炖土豆，应该就是这种吧？

一堵墙上，白色墙皮在风雨的侵蚀下已经斑驳，“红格尔图抗战遗址”的字样依稀可辨。游客在前面照相留念，笑声牵回我的思绪，昨天和今天竟如此之近。

80 多年后的今天，在村东北角的土台上，一座圆形的“建筑”突兀而立，当地复原的红格尔图作战碉堡给现代地图增添了历史地标。

在这小小的红格尔图，有一所教堂，建筑很大，全镇中算是首屈一指的，俨然是一座封建诸侯的宫殿。范长江在他的作品《沉静了的绥边》中写道：“我们在红村的教堂中休息，教堂的钟楼已被敌机投弹炸去一角。教堂后面，尚有未炸之二百磅炸弹一枚。墙上到处有炸痕。”

在此，方大曾采访了教堂总司铎易世芳，“易君是位和蔼可亲的老者，当我们走近时”，发现“他正在整理着由街头上拾得来的枪弹，足足集了一个汽油箱之多。因为枪弹里有锡质，所以他用一个铁勺在火炉上，作提纯锡的工作。见我们进来，笑眯眯地说，‘可拾得多啦！’后来，他又打开一间套房，叫我们看那些未炸的炮弹，也摆着有二三十个，大小全有。他已把这些炮弹都打开了，将炸药和铁珠取出，他说小号炮弹中装着 30 粒铁珠。随后，易君又领导我们到后院去参观那枚重 120 斤的飞机炸弹，也是落在教堂里的，幸而还没有炸。”

当年的教堂遗址还在，院子很大，铁门紧闭。两侧的门栏依存，底部是半米多高的石基，上为砖柱，依然彰显着当年的气派。

透过门缝向里观望，主建筑已经荡然无存，只剩下房基和几间后房，院内已是杂草丛生。走进去，房内有一地窖阴暗幽深。细想这里应该是易世芳带着小方来过的地方，而且在石阶旁，他还为易先生留下了一张正面照。

在准备赴绥远战地采访前，小方根据上一次实地踏查的观感，对绥远的局势进行了一番分析，绘制了形势图，撰写《绥远的军事地理》一文。

“绥远所以成为西北的门户，是由于一条阴山山脉的天险。从阴山山脉的北侧，虽然也能绕到宁夏及新疆，但那一地带都是荒凉的草原，不只是交通非常困难，而且物产也很有限，所以它必得以阴山南麓的平绥铁路为其进展的出发站”。他在文中表达了自己的看法，“那么，怎样来占取平绥路呢？更怎样才能控制绥远全省呢？这计划只要把平地泉（即集宁县）占领了，就可大部解决。因为集宁县是绥远的交通咽喉，假如敌人一旦占领了集宁，它就可以火速地修成一条多宁铁路，从集宁通到察哈尔的多伦，再达热河的赤峰、朝阳、北票而和‘伪满洲国’打成一条坚固的铁链。‘伪满洲国’和平绥路这样连接起来之后，再进一步，也就可以把中国的东北和西北打成一片了。”

对于一个人最好的纪念，不是记住了这个人，而是记住了他说过的话和做过的事。

没有实际探查和深入思考，不会有如此透彻的分析。红格尔图夜晚满天星斗下，我对方大曾又多了几分大写的佩服。

静静的四野空旷辽阔，微寒打透了衣裳，不由得一个激灵，真冷啊！小方绥远之行的季节应该比此刻晚些，当然就更冷些。阅读他的文章，说到冷，倒是一派超然。他说，凡事不到当头不知难，闯过去也没觉得有多难！

80多年前的那个夜晚，方大曾和前线官兵畅谈着。大家兴高采烈地叙述红格尔图之役，又拿了许多胜利品来展示给小方，其中，有一件最使小方感兴趣的，是大张的“北支那”地图。这份日文的华北地图，还是1936年前后才由南满洲铁道株式会社出版的，其详细程度令人惊叹。据介绍，这地图是在匪首王英的司令部中获得的，小方写道：“记者见此如同珍宝，把它详细地看，简略地抄下。”

热烈兴奋的声音似在耳旁，转身环顾又迅即远去。营房在哪儿？小方在哪儿？

与年龄无关，真正的成熟不是能够经历顺境，而是能够苦熬逆境；不是如何面对成功，而是如何面对失败。

向极远处望过去，是看不透的夜色，头顶上是闪闪不语的星辰，寂静中似有玄妙。星空相似，岁月有别，眼前的一切暗示什么？我极力在心中读解着其中的含义。

王府婚礼

1937 年初，绥东一下子平静了。忽然间远离的战争，紧张后的松弛，使这段安宁越发珍贵。一役得胜，国民的自信和将士的斗志似乎也随之振奋了。

完成报道绥远抗战的任务，小方原准备返回北平，整理行囊时数了数还有两三百张没照的片子，何不利用这个机会到绥北走一趟呢？他索性改变了计划，决定到内蒙古去。

发表于 1937 年 4 月的第 37 期《美术生活》上的组照《蒙古王公的结婚大典》，在方大曾发表的作品中是较为闲适的一笔。未满 25 岁的他，对未知生活透出好奇。

越过集宁与陶林间的大青山，经乌兰花大庙、百灵庙等处，横穿一段“后草地”，途经的地方大部分蒙汉杂处。自战争平定后还没有新闻记者走过这段路，暴冷抵不过年轻人的热情，小方在奇寒中上路了。

选择在同样的季节，我们一行马不停蹄，奔赴小方拍摄婚礼组照的四子王府。

草原上，太阳明晃晃地悬挂天空，残瓦败石，一片枯黄，万物寂静的平常中，唯有引擎声响随车辙驰向远方。

四子王府是原乌兰察布盟的一个部落，地理位置在乌兰花以北约 20 公里。

四子王系潘某，人称潘王，他的大部分时间都住在呼和浩特。方大曾经过四子王府时，正巧遇到他回来为儿子举行婚礼，便应邀参加。

王府门口有卫兵值岗，不过都显得无精打采，看样子他们的枪都锈得快不能用了。小方告之枪是要常常擦的，他们只笑着摇摇头，也许是不懂汉话，也许是懒得擦。

“王府的房子间数有限，所以此时又搭起五六十座蒙古包来，以便招待贺喜的宾客。这许多蒙古包搭在一起，真是洋洋大观，好看得很！”

《美术生活》里发表的 11 张照片，记录了王府风貌、迎亲仪式、乐队演奏、宾客朝贺的场面，也捕捉到了美好的花絮。“来宾中也有好多位少女，在人群中处处表现得风头十足。她们确乎是非常地美丽，这种美丽包括健康、容貌与性格。”

院中长着杂草，石墩碎裂一地，旗杆已经没有了，半截基座残存。当年的气派跑到哪里去了？

数十年过去，夕阳下，王府的碎瓦砾格外醒目

我无法把眼前荒疏的场景与四子王府的婚礼对应起来。当地向导指着一片低矮的建筑，肯定地说："就是这儿！"

我寻找着小方拍照的位置站上去。对面的王府召庙已没有"四壁均刷以白粉，檐以朱边，更加上金顶的饰礼，真是美丽之极"的风采了，时光的打磨偷走了它的芳华。

仔细比对照片和实地，物去影存，应该是这地方。

我和当年的人们踩着同一块土地，脚印重叠着脚印。说不定，哪一脚，就触碰了小方的足迹。

新郎和新娘的家相隔200里路，迎亲的队伍三天前就出发了。待接到新娘，用马车一路载来，新郎背弓搭箭带百多随从距王府十里处迎候。一长者读罢喜令，蒙面新娘遂改骑马由人护着奔婚礼现场，前方一骑挑黄旗，上书“开路先锋”。

礼仪繁琐复杂，拜罢各方，新郎拔下身上佩着的箭，把新娘脸上的蒙布挑开方告结束。

因为夜间要举行盛大晚宴，贺喜的来宾很少当日返回，差不多都要住上一晚。

音乐响起，酒杯举过头，敬天敬地敬酒神。“白天所看到的那几位少女，在宴席上大显其艺术天才，常离座舞蹈并伴以动听的蒙古乐队之演奏。这使赴宴的宾客，都为之增加不少兴奋呀！”

当夜小方一定也醉了，远离了战争，有歌有酒有舞，哪个年轻人能不醉？物是人非，音韵渺然，低屋矮墙，荒草丛生，哪里又是小方醉卧的地方？

一组照片将欢乐定格：含羞的新娘，骄傲的王爷，马头琴手和迎亲的队伍。声音还在耳边，眼前已是空旷，小方和他们一起隐入尘烟。

据方澄敏回忆，《四子王府的婚礼》这组照片也曾在欧美杂志刊登过，还得到一笔不菲的稿费。但具体是哪一本杂志的哪一期，目前还没有找到线索。我相信，只要寻找不息，定会不期而遇。

六

@方大曾

谁也没有想到，你拍自卢沟桥前线第一现场的照片，在影像记载历史的进程中，会成为一个民族、一个国家不可磨灭的珍贵记忆。

最后一次展览

2016年，张印泉先生写于1963年的近两万字手稿《四十年来从事摄影的回忆》被公布，内容涉及他1919年到1962年期间的人生经历和摄影活动，许多陈年旧事随之牵引浮现。

其中1937年6月24日举办“北平第一届摄影联合展览会”的段落引我注意。文中提到，有一位名叫“小方”的作者是一位20岁左右的青年，他送来的作品都很进步，题材内容都是表现下层劳动者的，计有《塞北风云》《联合阵线》《保卫内蒙古》等。

此外，对照这次影展目录，小方另有《早晨的阳光》《地下锻炼》《这也是我们的武装》《淘气》《光明的追求者》《在黑暗中》《吃黑面的人扛白面》《任重道远》《齐步向前》《基础工作》《尚在天真期》《粮食的准备》总计15张参展。

影展有南、北方的著名摄影家郎静山、叶浅予、刘旭沧、张印泉，蒋汉澄、魏守忠等26人参加，共展出作品178幅，地点在北平东城青年会二楼。

在 20 世纪 30 年代，这种规模配置应该是摄影界同时期的顶流存在。

作品展板前，着长衫、鬓发修剪整齐的小方，双手交叉，目视前方，留下一张略显严肃的照片。目力所及处，他看见了什么？

一直以为，一张照片的优劣，技巧并不是最重要的条件，思想和境界决定了内容的取舍和角度的选择，及其最终的呈现效果。可以说，通过读图，能够看得出摄影者的许多信息，比如学养、偏好、态度，还有倾向。思考和技术的合二为一，永远是一张照片具有生命力的前提。

方大曾留下的照片，呈现的是朴素的生活场景，平正的拍摄角度，不加修饰的暗房显影；略加剪裁，简单从容，其张力完全凭靠内在的力量。无论时光走多远，黑白两色始终历久弥新。

不经现实打磨，理想就是空想。

当时的艺术评论家秋尘格外看重小方的作品，在其《对影记》中评价："方多取材大众生活，热烈情绪跃然纸上，是个有'时代思想'和'深刻'洞察力的摄影新秀。而技术则无所轩轾，俱臻上乘。""方作以《吃黑面的人扛白面》一幅最动人，凝视影中码头苦力，若闻喘息声。"

烈日当空下，码头搬运工艰难地扛起白面大包，极具视觉冲击力，两大袋重量，压得让人喘不过气来。小方运用中午顶光拍摄，

小方失踪前的最后一张留影

让黑白对比更加明显和强烈，突出了“吃黑面扛白面的人却吃不起白面”的窘况。照片的表现，犹如一幅木版画，刀劈斧斫出生存线上的挣扎。

秋尘评小方的《联合阵线》和张印泉的《力挽狂澜》是“难得的作品”，还被刊印在会册的显著位置上。

《联合阵线》是小方的代表作，取材现实生活，借景抒情，以形传神。画面简洁，鲜明生动，构图用光恰到好处，打夯人的状态表情与绷紧的绳索，瞬间得到统一。此刻，力量与团结，目的同愿望，在决定的瞬间完美定格。这张照片也成为抗战前优秀摄影作品之一。

摄影展览在北平引起了不小的震动，自 6 月 24 日连续七天，从上午九点到晚上七点，30 日结束。又过七天，卢沟桥事变就发生了。

再看小方留影，眉宇间似有隐忧的暗示，是什么让他担心牵挂呢？经考证，此照应是他参加的最后一个展览，留下的最后一个本人形象。

“国难严重时期，像这样反映现实、具有鲜明的思想性、对观众能起些刺激和振奋的作品，实在如凤毛麟角，所以给我的印象非常深刻。”多年之后，张印泉在回忆中评价方大曾：“我曾认为，他是一位杰出的摄影创作者。可惜此人早就故去了，实令人追念不止。”

独家报道

对于每一个生命来说，时光都是奢侈品，无论贵贱，无论贫富；它最普通，最无私，也最公平。

当 1937 年 7 月号《良友》（总第 130 期）出现在眼前，一缕浅淡的陈旧味道随着封面美女郑女士温柔的目光投来。虽同存过世界，却无缘相见；在时间面前人是无力的，不管你是谁，它的秩序图谱无法改变，命运的站台上都是独来独往。

就在这页美丽的封面背后，本期画报以罕见的方式从 3 页到 9 页大篇幅连续刊登了小方的四组摄影报道，共计 40 张照片，分别是《卢沟桥事件》《我们为自卫而抗战》《日军炮火下之宛平》《北平刁斗森严》。

政治是不撕破脸的战争，战争是撕破脸的政治。

谁也没有想到，这些来自卢沟桥前线第一现场的照片，在影像记载历史的进程中，会成为一个民族、一个国家不可磨灭的珍

循迹卢沟桥，哪里驻足过小方的脚步

贵记忆。

从“九一八”开始，中日之间摩擦不断，原以为卢沟桥的枪炮声只是打打停停中的又一次冲突，在绝大多数人还选择观望的时候，《良友》显然意识到了事件的重要。他们在接到有着良好合作关系的小方寄来的作品时，就已经感觉出问题的严峻程度绝非一般。

找寻到《良友》的这一期，翻开扉页的时候，我的手不自觉地抖，呼吸也急了起来，那种心情今天回想还清晰如昨。

“《良友》初刊时已注意到刊登新闻照片问题。”杂志负责人马国亮回忆：“但由于当时条件的限制，刊出的只是一些新闻人物，即一些为世界所瞩目的人物半身照片，却缺乏事件发生的现场背景与人物活动的情况。盖缘当时从事拍摄新闻照片的人不多。”

无疑，方大曾的新闻摄影填补了《良友》的缺憾。他们根据小方的照片推断，卢沟桥所发生的是一个大事件，义无反顾地抢夺了先声。

《良友》以重磅力度刊发小方的现场报道，为日后出版《战事画刊》奠定基础。同时，他们还出版了《卢沟桥事件画刊》，直接使用小方拍摄的《坚守卢沟桥的士兵》大幅照片做封面。这期画刊在当时社会影响很大，前后重版了四次。

2020 年 7 月，纪录片《他们与天地永存》官方海报照片选用的便是方大曾这张经典作品。照片通过考证，利用大数据库、人工智能技术进行的图片着色，系小方作品首次彩色呈现。

在《良友》第 130 期里，除了舒少南的报道《武装起来》，还有庄学本的摄影游记，魏守忠的《鲜菇之人工培植》，以及《夏空行云》《海滨即景》等休闲内容。

时任画报编辑感慨：“卢沟桥的狮子和抗战勇士的照片出现在封面女郎后面的扉页上，对照鲜明！”

卢沟桥战事热点外署名“郑女士”的封面女郎，格外引人注意。健康和活力写在她的脸上，唇红齿白，目光炯炯。

著名作家郑振铎曾这样描述记忆中的她："身材适中，面型丰满，穿着华贵而不刺眼，一眼看去，就知道是一个有教养的纯情女孩，难得的中华女儿。"

《良友》画报的编辑马国亮在晚年出版的回忆录中说："直到好几年以后，我们才知道她是一个轰轰烈烈、献身抗日的爱国烈士，她的全名是郑苹如。"

不曾想到，此后，《良友》也被战事中断了三个月。我无法猜想，看到过这期杂志的郑苹如，阅读小方作品时的刹那心情。而此时，方大曾正突奔在平汉火线上。

良友公司位于上海虹口北四川路。"八一三"的枪炮打乱了公司的正常运转，内部的存书两日之内被盗窃一空，迫于无奈，公司迁址到英租界的江西路 264 号。印刷工厂所在的杨树浦，正是日军战区范围，原已编好付梓的第 131 期杂志，连同原稿全部毁于战火。

此番浩劫后，《良友》画报转香港复刊，序号仍沿用第 131 期，内容则发生了变化。在《编辑者话》及马国亮的回忆中均提到："方大曾所摄的华北抗战情况的照片等，当时都未经他处发表，全都毁于上海战区，未能让读者看到，甚为可惜。"

照片的内容会是什么？如果得以保存，我们对那段历史的了解能有什么不同？

方汉奇先生说，如果那些照片保留下来，历史很可能会做某些修订，我们了解卢沟桥事变的角度会更多，视野也会更加宽广。

非常遗憾，因为是独家的，这一珍贵部分在人类历史中永远地缺席了，那些空白无法弥补。如同断臂的维纳斯，很难通过想象完成最初的姿态，在一代又一代的惋惜中成为绝唱。

未成功的杰作

2020年8月，电影《八佰》定档公映，对于上海四行仓库不屈的弟兄们是告慰，也是我们检视历史、正视未来的见证。

无论沪上还是平津，在外敌入侵、国破家亡的时刻，军民以微弱的力量发出最大的光芒，捍卫着民族最后的尊严；如同列宁格勒英勇保卫者纪念馆序厅内象征抵抗法西斯900天的900盏灯，闪烁着顽强不息的精神之光。

一条苏州河一条永定河，一条南方的河一条北方的河，地有南北，士气无南北。

四行仓库的将士和方大曾笔下的居庸关守军何其相似?

“三昼夜得不到水喝，马鞍山上，第四连人只剩下一个弟兄，但是他还沉着地把守阵地而不撤退”，“十三军从军长到勤务兵，他们全不要命了！大家都把一条命决心拼在民族解放战争的火线上”。

战地记者小方是不拿枪的战士，是和战士一样冲锋在最前沿的勇士，哪里有炮火哪里就有他的身影。

“他的工作情绪愈来愈高涨，身体也愈来愈结实。北方的夏季，他穿着短裤衬衣，自己带着他的小箱子行李，在平汉路前线不断地突击。他那诚挚、天真、勇敢、温和的性格，博得各方面的好感。”范长江在《忆小方》里有这样一段文字，让我看见了战火中的小方。

据一同前线采访的陆诒回忆，小方给一个 16 岁小战士拍照片时，一颗炸弹在附近爆炸，大家的心立刻揪紧。几分钟后，他却从硝烟中钻了出来，拍拍胸前的照相机，笑着说：“今天收获不小！”

南口战役爆发之后，上海《大公报》委派范长江赴察哈尔助孟秋江工作，以加强中央战场采访力量；与左翼的邱溪映，右翼的小方配合，总辖平绥平汉的战争消息。

金经百炼而纯，人经百难而坚。

“人在底片在，一人倒下，另一人背起，保证不损坏，不遗失”，这是小方和其他战地记者相互的约定。

站得低，困难会在你头上；站得高，困难就在你脚下。

当保定万分吃紧时，卫立煌所部三师增援南口落空，正与日军激战于永定河上游青白口一带。小方被委以重任，他要到保定以北南口山脉中去见证战争的残酷。

带上充分的蓝墨水、稿纸和照相器材，他匆匆登上由石家庄北去的列车，临别时，范长江说：“希望你能写一篇永定河上游的战争！”小方坚定地回答：“我一定有很好的成绩答复你！”

这是他们最后的对话，从此，范长江再也没有接到过他的信。

谁也没有想到，自《平汉线北段的变化》后，《大公报》再也没有接收到小方的报道。文章发表在 1937 年 9 月 30 日上海《大公报》的第二版，署名本报战地特派员小方，由保定附近的蠡县发出。

从此以后，这个活力十足的生命便神秘地消失了，没有任何征兆，也没有任何踪迹。一个月，两个月，如同无线电静默，平汉线一下子沉寂了。

《平汉线北段的变化》是小方为人所知的最后的文字。不知是有意还是巧合，“贡献”两个字既是文章的尾声，又是他在艰苦环境中为读者采访报道的写照。他的消失，给人们留下了至今未解的谜。

小方去哪里了？他的家人在问，他的朋友在问，他的读者在问。几十年来，还没有听说谁见过他！

范长江在《未成功的杰作》中写道：“我们一位很有希望的同事方大曾（小方）先生特为此自石家庄赶往保定，欲追随卫立煌部队，为报纸写‘永定河上的游击战争’。因为在当时我们的预料中，在永定河上游，内长城青白口一带，如果双方进行大战，是非常雄伟的场面。万分不幸的是卫之远征落了空，而方先生亦因此失去踪迹，至今四年有余，仍然下落不明。”

编辑《西线风云》时，范长江特别选用了方大曾的几篇通讯，他说：“本书中没有一篇不是在死生线上换来的作品。”

未完成的杰作化作绝响，未完成的人生空无答案。

未成功的杰作带走了小方未完成的人生

多年以后，徐盈从西战场绕道西兰公路回武汉，与刚从江西赣北战场归来的范长江见面。在他记忆中，谈话间，长江仍“关心着华北战地记者小方的下落”。

小方和长江

2024 年 12 月将过，哈尔滨已是隆冬气象。

窗外的校园，地旷人稀；空中飘雪，掩埋着大地真相，一片的白。

同样时节，1936 年的 12 月 4 日傍晚，方大曾带足照相器材从前门火车站出发，急赴绥远。当时，他在北平基督教青年会少年部任干事，还兼着中外新闻学社的记者，同时也肩负着《世界知识》等杂志的特约任务。当然，此行的目的，就是让国人充分了解绥远抗战始末。

绥远的胜利，国人振奋，尽管是局部小胜，能给日本以痛击，自然是高兴的。一时间，绥远前线劳军慰问者众。

这次长达 43 天的旅行，是小方外出采访最长的一次，我在《方大曾：消失与重现》《方大曾：遗落与重拾》两本书里均有叙述。

在绥远，方大曾和范长江第一次相遇。

当时，小方 24 岁，长江 27 岁。

“被人称为‘小方’的方大曾先生，在我们朋友心里占据了很重要的地位。因为联想起许多在绥远以前关于‘方大曾’的印象。”长江心目中，小方是这样的。“在天津《益世报》的地方版上，看到有他的一篇长篇通讯《张垣至大同》，他把察晋间的社会黑暗情形暴露不少。”“在书刊上，我们常常看到‘小方’的作品，他对于题材的选择和对于时间性的谨严，都是引起朋友们注意的地方。”

方大曾英俊高大的外表，坦诚、谦和的态度，睿智的洞察力和独到见解，及有良好教养的谈吐，让每个初见他的朋友印象深刻。一见面，小方就给范长江带来莫名的亲切感。

前往兴和的路上，范长江头戴皮帽，揣着袖，似在与身边的门炳岳师长闲谈，小方迅即按动快门。发现拍照，范长江扭脸投来一笑，留下了途中唯一的形象。

我始终没有找到小方和长江的合影，问长江先生的长子范苏苏老师，他也没有见过，可能是他们觉得，青春正在，来日方长吧。

范长江夫人沈谱告诉我，小方不简单，在长江眼里，他是“硕壮身躯、红润面庞、头发带黄、斯拉夫型的青年新闻战士”，是长城内外知名的摄影记者。长江对于比他更年轻、更优秀的青年记者，有着特殊的感情。

一路行走一路采访，几日短暂相处，长江对小方有了更深切的认识，他相信这个敏锐果敢的年轻记者，足以干出惊天动地的事业。

沈谱（左二）离世，小方和长江的故事再无人知

在平地泉，当得知次日的清晨小方要单枪匹马翻阴山去陶林，长江慨叹，“这是一件大胆壮丽的旅行”，“惊人的事业，总成功于常人不敢为之中”。

是晚，长江一行转上南去大同的火车，两人第一次碰面的分别，让天寒地冻的绥远，在新闻史上具有了特殊意义。

遥望的视线随列车拉远，“我们才不见了他硕大美丽的踪影”，长江在手记里写道。

那刻，英雄相惜的感觉，一定在撩拨着两个青年的心弦，我猜。

大概是忙于摄影和采访，绥远之行，小方对长江着墨不多，通讯中仅提及，未详述。

再见面，已是卢沟桥事变后的第 21 天，酷热中的抗敌前线，紧张的环境中，他们来不及叙旧和寒暄，迅速交换着彼此掌握的战事信息。

其后，在保定、石家庄，在大同和太原，小方和长江阵地前线采访，城墙根下写稿，行迹重合。随即，长江推荐，小方临时担任《大公报》战地特派员，相当于今天的项目制员工，负责平汉线报道。

两条生命线一个交汇点，小方通讯《前线忆北平》《血战居庸关》《从娘子关到雁门关》，以及《保定以南》《保定以北》，均出自与长江共同工作的时段。到后来，在长江编辑的多本文集里，都保留着这些小方用生命换来的文字。

为了报道永定河上游的战争，小方带足写稿用的蓝墨水，和长江在石家庄车站匆匆告别。“我一定有很好的成绩答复你”，是他留给长江的最后一句话，此后，他们再没见过面。

1937 年 9 月 30 日，《平汉线北段的变化》在《大公报》发表了，小方也没有了消息。一次，沈谱告诉我，长江相信小方不会有问题，因为他的机智，足以应付非常事变。其后的岁月，长江一直在找小方，直到解放以后，他还常常内疚，说没有照顾好他。

方汉奇先生称他们是中国新闻史上的双峰，可以并存于世，并存于史，并存于书。

双峰留青名，并存待后人。

1937 年小方失踪，1970 年长江自尽。往事随风，皆去矣。

徐盈忆小方

2022 年 9 月，纪录片导演张兵告诉我，名记者徐盈的女儿徐东送她一本书，其中有一篇《忆小方》。开始，我以为是范长江写的那篇，没在意。

据时人评价，在爱国救亡报道方面，方大曾与长江、徐盈等同负盛名。范先生不必说，与小方的交谊广为人知，徐盈呢，并没发现他们之间有何关联。

见张兵微信发来的文章截图，这一篇，确实是徐盈自己写的，之前未曾见，写作时间是 1989 年的 6 月。

有意思，意外的消息。

之后不久，徐东女士发来微信，她说，十几年前就知道我寻找小方的事，整理父亲的文集，特意找到手稿中未曾发表过的《忆小方》编进去，放在《家国萦怀不计年》的末篇。

徐东说，父亲是认识方大曾的，何时开始不清楚，《忆小方》是他 77 岁时写的，直到晚年，对于方，一直放不下。

卢沟桥事变后，徐盈继续为《大公报》做采访，8 月 8 日，日军入城当天，北平的交通暂停了四小时。他目睹，队伍所经之地，留下的是马粪、传单、坦克轮痕和臭气，据此写了《北平落日记》。

徐盈的正义，文中可见，知识分子的良知，字句间闪现。他回忆，为了记录真相，在日军的刺刀下，方大曾冒死拍下一些“忠奸不并立”的新闻照片，其胆识得朋辈推崇。

1938 年 5 月 27 日，归来的战地记者相聚汉口普海春西菜馆，独少小方的身影

小方答应，将其中的部分照片冲洗出来，由徐盈交几处《大公报》刊载，因情况突变，未能落实。

不久，徐盈离开北平，他得知，小方已跟着一批战士，辗转到了保定。

紧张的战事，未能隔断彼此的通信，小方寄过一篇文章给徐盈，编在了生活出版合作社（生活书店的前身）出版的“沦陷后的平津”里（注：徐文记忆有误，应为《沦亡的平津》）。如此看来，1937 年 8 月 11 日方大曾写于保定的《前线忆北平》，可以确认，是经徐盈发表的，这一细节，之前是不清楚的。

“北平确已沦陷了，但中国不会亡”，《前线忆北平》中小方的诤言，徐盈一直记得，他评价方大曾思想是有深度的。

茶淡了，谁记得当初的味道？花谢了，谁留住迷人的容颜？戏散了，谁痴迷婉转的回响？人走了，谁知道曾经的遗憾？

直到晚年，多舛岁月过后，徐盈还惦念着小方。“痛心啊，”他对徐东说：“我们这辈人中，已经得不到他的消息了。”

老宋的回答

“您不看过一张照片，一个揣着手的老头？”方澄敏告诉我，那是门口的车夫老宋，哥哥跟这些人熟极了，出来进去都打招呼。

我们家门口不远处是个“车口”（指人力车的集散地），洋车都停在那儿，拉这一片儿的人。但是小方从来不坐洋车，他有他的人道主义解释，认为那样不人道。

印象中，哥哥没有给自己拍过几张照片，倒是给车夫苦力和不相干的人拍了不少。

照片里老宋衣衫破旧、神态平和，看得出相机和眼前的小方对他来说并不陌生。尽管他是个拉车的，和“洋学生”方大曾间没有丝毫的距离感。

20 世纪 30 年代初，北平的人力车夫激增到五六万人，占城市

门口的车夫，是小方出来进去都打招呼的熟人

人口百分之七。“到了卖无可卖，当无可当的时候，咬着牙，含着泪，上了这条到死亡之路。这些人，生命最鲜壮的时期已经卖掉，现在再把窝窝头变成的血汗滴在马路上。”老舍先生把人力车夫的苦难命运写成了《骆驼祥子》，青年方大曾则将对车夫老宋等人的同情融入了生命的底色。无论走多远，走多久，遇到穷苦的人的时候，想必小方都会想起家门口的老宋们。

人力车夫是北平城市的一面镜子，折射出那个时代的特色。《北京的人力车夫》一书介绍颇为翔实，在时人看来，“北平最大的动人处是平民，绝不是圣哲的学者或大学教授，而是拉洋车的苦力”。他们是劳动界里最苦的，凭着卖血汗力气赚钱生活，可“时常还有一般人，看着他们没势力，把他们当作牛马，随便欺负”。“16 到 50 岁的男性居民中，每 6 人就有 1 名车夫”。

老宋无疑就是这数万车夫中的一员，经济窘迫、处境低微，每日所得糊口而已。当时光落潮般渐渐退去，他们的形象也开始黯淡模糊，如同尘埃一般幻化弥散。幸运的是老宋的模样还在。他应该不会想到，在一个熟悉的小友按动快门的瞬间，自己竟会被传送到若干年后一个陌生人的面前，而且把他的名字和载入史册的方大曾联系在一起。

尽管不知道他的名号，“老宋”这个称谓已经是小方照片里大多数无名者中一个具体的存在。

“在那个胶片照相机为绝对稀有物的年代，拿着相机的他似乎像空气，无所不在，又让被拍摄者视而不见，可见方大曾先生深入生活的功夫和心境。”在我编辑《解读方大曾》一书时，徐京星先生的评价颇具见地。

对于摄影的态度，小方曾经在文章中，把绥远跟河北的老百姓做过比较，绥远的百姓喜欢和他们的牲畜一起合影，河北的呢，一见相机就远远地跑开，生怕把他们的“运气”照走了。尽管如此，方大曾还是想尽办法接近他们，尤其是面对底层的劳动者。这些经验来自他和家门口老宋等车夫们的交流，来自他对濒临在生死线上的采煤工的了解，更来自他东奔西走一路得来的见识。

方大曾失踪数年后，从重庆归来的方澄敏向母亲方朱理打听行踪，母亲只甩了一句话，“你去问老宋！”

“我不能说，”老宋回答方澄敏：“你母亲会伤心的！”

至于为什么会让母亲伤心？方澄敏始终没有问出来。

七

@方大曾

你失踪后，大家开始并没在意，回家对于经常出门在外的你而言是早晚的事。日子久了，一年，两年，不祥之感才渐渐袭来。

方澄敏病了

陈申社长打电话给我，说“老太太病了，是中风”。

这种病我没概念，问中风是感冒吗？陈的声音突然低沉：“中风不是受风，可能说不了话了。”

2000 年春天，纪录片选题刚批下来不久，竟然得知最重要的口述者不能发声了，此时距离我和方澄敏第一次见面不过两个月时间。后续的工作可能会受到很大影响，这可怎么办？

事态严重。

轮椅上，85 岁的方澄敏白皙干净，金丝边的眼镜戴在面庞，沉静中透出涵养。

这是我第二次见到她，前后相隔时间不长，人却是苍老了不少。她激动、委屈地抽泣，脑中风使她发音含混。听不清楚，猜得出，见到我们，哥哥小方又浮现记忆中了。

方澄敏比哥哥小 3 岁，曾在银行里工作。退休后的十几年，她搜集小方发表的作品，找人打听下落，能联系上的小方友人只有李续纲、陆诒和方殷。其他友人许多都不在了，还有一些不再愿意旧事重提。

陈申说，老太太好强，若麻烦了别人，总有亏欠之意，常想办法弥补，讲究薄来厚往，老北京叫局气。

方澄敏在成为寻找者之前，是哥哥作品的保管者。这些底片除去编号，没有任何文字说明，照片拍摄的具体地点，她只能凭着断续的报道猜。

字迹清秀、条理分明，我保存着她整理的作品目录，每一横竖，都透着对哥哥小方的不舍。

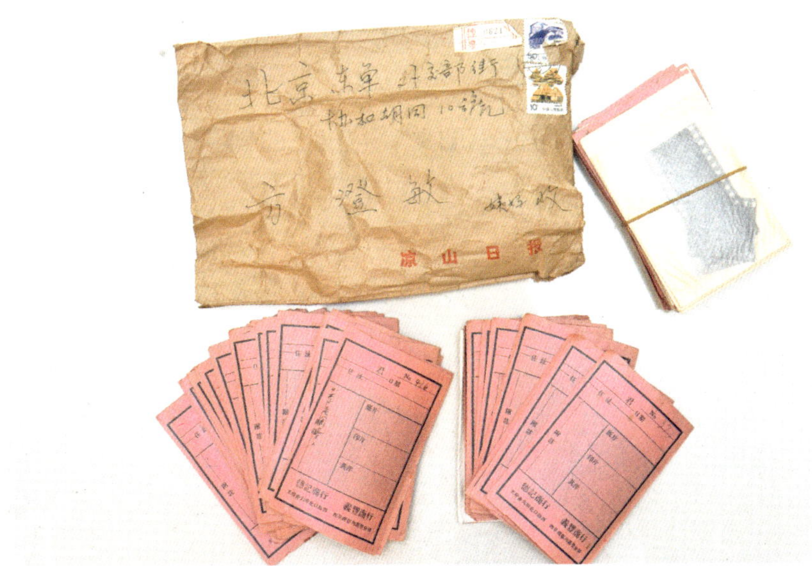

方澄敏的珍藏，她盼望着哥哥的底片重见天日

71 岁的时候，方澄敏担心自己时日不多，力量有限，打算把未了的事做些安排。她到东单红星胡同 61 号去过，那里是中国摄影家协会；捐出底片的想法，经请示领导，答复没有保存的条件，被婉拒了。某纪念馆，答应来家里看看，等来等去，空欢喜一场。

好在《中国摄影》的“旧作新话”栏目选用了小方“黄河船夫”的两张，算是慰藉。

一家出版社，许诺拿出两万元给出个集子，方澄敏撰写纪念文章，整理作品目录，最终，被告知不能出版，原因是赚不到钱。

一段时间过去，北海图书馆，她伏案苦寻的瘦小身影又出现了。人们总是看见她，拎着布袋，行走在红彤彤的城墙下。

恐怕，她很难再站起来了，陈申老师告诉我。

每一条道路都通向终点，但不是每一条道路都通向成功。

无法清晰言语，老人把《抗战初期以身许国的新闻摄影记者小方》交给我，原本是为出书写的文章，恐怕一时半会儿用不到了。

这是留给后人的遗嘱，也是等待来者的托付。

灯光下，我翻阅着方澄敏的手稿，悲喜杂陈。

倒流的时光

认识的人里，仅听说萨苏梦见过小方。当时，他刚读了我写的几本书，还写了篇小文。

实话说，几十年来，梦里见他，总模模糊糊的，像又不像。唯有一次，眼前站着个青年，英俊，结实，且清晰，对着我说，你怎么才来？我不确定那是方大曾，醒来又觉得是，是25岁前的他。2014年《环球人物》杂志采访我时，我说了这个梦，他们觉得有趣，用到专访文章的末尾了。

不止一次，有人玩笑着说："你是小方转世的，要不，怎会如此执拗地找他？"

迟子建大姐说："方大曾，冯雪松，音韵和谐，定有前缘。你们的名字中间两个字合起来是大雪，如同人生。"

人生没有剧本，更不会有预演，生命时刻直播，永远不可能重播。谁都无法预知下一秒的结果，只要活着，你的每一天，就是书写，直到大幕落下曲终人散。

生活中最好的选择，是能够把握选择。

我常想起小方在北平摄影展的留影，此刻，他完成了绥远抗战的报道，正准备前往四川报道饥荒，并不会知道，两个星期后，一个事件改变行程，目的地变了，这个决定自己命运的地点，是京西宛平的卢沟桥。

我推测，这是他人生的最后一张照片，在其后的三个月，战火纷扰，环境困窘，几无条件留下生命的瞬间。

每次去东单，路过有些老气的青年会三层灰色建筑旧址时，我都会想，迎面的窗子里，哪一扇曾透出小方的目光？

某一窗子背后的房间就是少年部吧？干事方大曾伏案书写，他写什么呢？写给谁？写给《良友》，告之又有一批照片寄出？写给《世界知识》，讨论下一篇通讯的内容？还是写给吴寄寒，商榷中外新闻学社的工作？

也许都不是！

会不会在给一位女生写信？心仪的，中法校友？京师名媛？还是旅行中的偶遇？

也许都不是！

是在写给我吧？他幻想着未来中国和未来的人，写给一个未曾见面的知音，一个寻找他足迹的人？

对于我，他能说些什么？因为好奇，求助深度求索（DeepSeek）

北京基督教青年会旧址与新址，搀扶与提携间，传递着博爱的消息

以他的口吻写封信给我，片刻之后，小方发自时间彼岸的文字出现在电脑屏幕。

雪松君：

见字如晤。

若世间真有命运相托，此刻我当立于你案前，以墨香代硝烟，与你共叙这隔世的因缘。

自宛平城最后一封家书寄出，我随战火飘零80余载，未曾想暗盒中那些定格苦难的底片，竟被你一捧捧焐热，化作苦苦追随的灯盏。

犹记绥东寒夜，我蜷身战壕速写《炮火中的儿童》，胶卷上孩童的惊惶与士兵的血痕重叠；卢沟桥头，我按下快门时永定河的云霞正烧得炽烈，笔下“民族解放战争发祥地”的预言，终成山河重光的序章。彼时只道是书生报国寻常事，却不知你会在半个世纪后，踩着华北的黄土与档案的尘埃，将我散落的足迹连成星图。

暗室木盒开合时铰链的吱呀声，是否让你听见 1937 年盛夏的蝉鸣？澄敏守护的旧皮箱、光园铜像凝视的目光，俱是你替我重续的命脉。你以镜头追索镜头，用笔尖叩问笔尖，让《寻找方大曾》的每一帧都浸透两代记者的赤诚——当年我记录的纤夫脊梁，竟与你伏案校勘的背影在时光里叠印。

今见纪念室里少年们抚过我锈蚀的相机，方知“战地记者”四字早已超越职业，成为信仰的图腾。你曾说“寻找是为致敬”，而我在这寻找长路上读懂了更深的隐喻：你我皆是历史的纤夫，虽相隔百年，仍共负民族记忆的纤绳。

纸短情长，唯愿后世铭记：

真相永不失踪，理想终将重逢。

方大曾（小方）

冬夜于彼岸

此刻，展板前双手交叉的他将眼光伸向窗外，和我的目光碰撞在一起，两代青年的灵魂瞬时交汇。一条街隔着 80 余年，虽不是同一个时代，却是同一种心境。

渡劫

老器物常能唤起一个人对从前的浮想：在很久很久以前的那一端会是谁钟爱此物？经年遂月，是什么样的缘分把我们关联在一起？谁又会把什么生命密码托付猜解？面对它，我们读懂了什么，又错过了什么？

一块老玉的划痕，一件老窑瓷的光气，都传递着前人配挂抚摸的影踪。劫后余存的方大曾底片，经岁月打磨脱去了生涩，透出老熟味道。剪裁线、标记光圈速度的数字、拍摄时间地点的笔道，都曾考验过我的耐心。

忽一日方醒，那底片上的痕迹不正是指引我一步一步靠近小方的钥匙吗？它们经历了战火动乱离别和轻视，经方家几代人之手，跨越漫长的岁月交付于我，这是怎样的缘分和幸运啊！

方澄敏说："他也没什么物品，就是一个穷学生。他不抽烟，不喝酒，赚的稿费都买了照相器材和胶卷。"

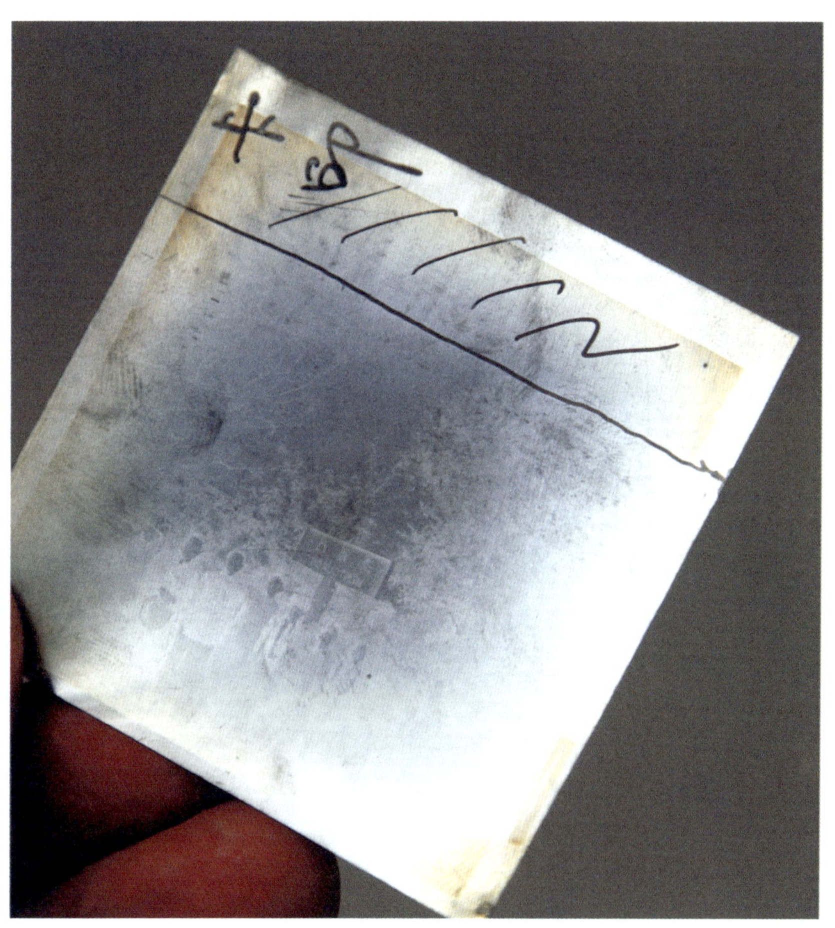

底片上的字、指纹和剪裁线，隐藏着小方的气息和温度

哥哥走后，除了院子里的一间暗房，留下的东西并不多。他似乎知道此去前线报道归期难料，特意归置了纸板做的放大机，显影用的搪瓷盘也洗刷一新。几件干净衣裳仔细折叠置于床头，纸笔和全部胶卷都带走了。

1947 年，方澄敏从重庆回到北京协和胡同的老宅，这时，距小方失踪已经过去了 10 年，院子里又盖了几间房子，显得拥挤了许多。小方的暗房还在，灰漆陈旧斑驳，里面摆放了些杂物，东西也少了。

小方的外甥张在璇告诉我：

舅舅从战地再也没有回来，他在北京协和胡同的家中留下了两小木箱底片。外婆说，小木箱是舅舅在院子里盖灰色小木屋时请木匠一并做的，有一尺多长，半尺多宽，半尺来高，外面漆上土漆，专门用来装底片。

平时，外婆就把小木箱放在了她卧室的平柜上。两箱底片是家人对舅舅的一个念想，好像它们在，舅舅还就在。觉得总有一天他会回家来拿这两箱底片。

这些底片有一些拍摄的是国民党军队抗战、傅作义部队、国民党帽徽等。1966 年，涉及这些内容的底片被家人烧了。余下的，方澄敏上交给单位。这一选择，是无奈之举。

对于底片上交，母亲方朱理表现得异常平静，只说："听天由命吧！"

"文革"后期，发还抄没的东西，方澄敏去单位的工会，看见被一大堆废报纸包着的底片散在地上，没人管也没人要。一问，当年的经手人死了，就把底片包起来拿回家了。

又过了些日子去单位，发现食堂的同志拿着哥哥装底片的盒子卖饭票，便照着样子做了一个，把小方的底片盒换了回来。

岁月更替不过反反复复，人间悲喜无非来来往往。

此后，约有十年的时间，方澄敏四处奔波找寻机会，希望为哥哥出本书或者办个展览。小木箱辗转过出版社，交付过摄影家协会，还曾联系过几家纪念馆，劫后余生的底片，一直在等一个满意的归宿。

找自己

找着找着，忽然觉得，找小方就是找自己。

不少人问，你为什么去寻找？实话说，回答多了，理由无非那么简单，不甘心英雄落寞，不忍心家人寥寞。

有方大曾照片和文字相伴的孤旅中，从青年到中年，由满头青丝到双鬓泛白。望着镜前的自己，皱纹早爬上了眼角额头，我问，你找谁？为什么？年久日深，寻找已成习惯，形成了肌肉记忆；答案在心底开始变得复杂，和不确定。

15 岁，我在家乡的报纸上发表了一篇 200 字的“豆腐块”。那阵子，喜悦和满足掺和着，一个中学生作家梦萌发，然而在写作神圣、诗人涌现的 20 世纪 80 年代，也招至许多鄙夷的目光。

15 岁，方大曾已拥有了自己第一个相机，行走北京周边，拍照和旅行。在 20 世纪 30 年代搞摄影无异于今天玩儿法拉利，都是富裕阶层的乐趣。小方的这一爱好得到了母亲的支持，基督教青年会的一些留美人士也给予他欣赏和影响。

18岁，我来到一个陌生的城市读大学，第一次尝试思乡和孤独，痛且并不快乐。高中的时候，我办过一张油印小报《智体文学报》，同学说是缺“德”报。在要求“德智体”全面发展的年代，这个报头明显不合时宜。

同样年纪，方大曾进入中法大学经济系。此前一年，他登报征友，发起成立了中国北方第一个摄影社团。他热情活跃，乐于助人，同情弱者，交友广泛。期间，他与诗人方殷主办过《少年先锋》杂志。

再后来，毕业，我回家乡海拉尔，在电视台工作两年。然后进京，成了最早一批的北漂。

小方中法毕业的时候，作品《寒夜》等发表，名家阴铁阁给予好评，使他在摄影界积攒了一定的名气。

站得稳，须从最低处入手；见得广，须向最高处着眼。

不同的年代和轨迹，看似无关联的两条平行线，因机缘重合。靠拢的起点，或许就是1992年我决定来北京的一刻，而重合的开端，则是七年之后我接到传真走进协和胡同10号院落的时候。

我不记得何时起，对东单情有独钟，也可能是去金鱼胡同看过几次展览。当时中央美院还没搬走，在那儿认识了摇滚歌手崔健、雕塑家隋建国、画家杨飞云、画家申玲、王玉平夫妇，还有开马克西姆餐厅的宋怀桂，以及圆明园那边一帮流浪艺术家们。虽然大家

坐在小方走过的台阶上，感知相遇、重逢和告别

都不富裕，说白了都挺穷，看起来还挺乐呵，回想起来，每个人脸上带着笑。偶尔有些小茶点，尽量往饱了吃，因为经常不知道下一顿饭会在什么地方。那是 1994 年或 1995 年的样子。

穿过长长的灰胡同，感受着老舍笔下的北京气息，挺亲切。我想，这城市应该有个自己的家。当时，我并不知道，路对面的胡同叫东堂子，经常路过的三层小灰楼，就是当年的基督教青年会。

同一片空间，不同的年代，小方和我在东单的灰瓦墙间流连，不知哪一步，我们的身影重叠，脚印彼此覆盖。

莫名的熟悉还有好奇，在推开方澄敏家门的时候，命运让我和方大曾有了联系。直到今天，我坐在哈尔滨的书房里回忆往事。

隐忧的思想、哲思的史观、先卫的风尚，在小方胶片雕刻的时光里，在他文字构筑的空间里，相互交融合为一体；他的作品竖立着正义与良知鲜明的旗帜。世人看来，定格在 25 岁的他是完美的。

高度无法企及；时间的距离给了我追随的空间。光阴两头，一边是崇高的他，一边是世俗的我。

原来，我人生的天花板于小方而言，只是起点。

小方百年诞

2012年7月10日下午，方大曾百年诞辰纪念日前夕，我和摄影史专家陈申、时任《四川日报》高级记者的小方外甥张在璇作为嘉宾，受邀相聚“一个时代的倒影——寻找方大曾”访谈节目，以网络直播的方式讲述方大曾的故事。

原以为纪录片播出，寻找方大曾已经画了句号，未料再次打开，小方的故事得到进一步传播。央视网举办了征文、访谈和纪录片点播等纪念活动，拟通过网络向公众介绍这位失踪战地记者的故事，以及他所不为人知的经历，集中展示那些用生命作代价换来的黑白照片。

当天，导播告诉我们是直播，一要说话谨慎，二要认真回答网友的问题，还说这个话题是个冷门，网友们一定会感兴趣。

那一次，张在璇先生代表亲人首次在媒体亮相。主持人话题导入后，陈申、张在璇和我介绍了方大曾的生平履历，又从不同的角度讲出了自己对他的感受和理解。

如果小方健在的话，也将进入百岁老人的行列。我们感慨，催人的时光，总是没等你准备好，就匆忙地呼你上台，还没谢幕，又唤你下台。

“作为记者他冲在抗战第一线，是现场报道卢沟桥事变第一人。他 25 岁消失在战场，可能牺牲在战火中，但几十年来他的家人却宁愿相信他只是失踪。”

主持人不断重复着串场词，过渡时还故意加重语音：“他就是方大曾。今年 7 月 13 日是他百年诞辰纪念日，让我们走进历史，一同缅怀这位高尚的青年，按今天的说法是最美战地记者吧。”

访谈过半时，我注意了一下，观众留言区还是一片空白。在主持人的追问下，我又回顾了 2000 年拍摄纪录片《寻找方大曾》的过程，感叹 2000 多公里一路寻找的我们依然相信未来十年一定会有小方新的消息；并希望通过访谈找到保定史志办孙进柱、尤文远，太原史志办杨淮，大同史志办韩保农以及《石家庄日报》社、蠡县宣传部等多位热心帮助过我的朋友。

谈话继续着，我尽量多地讲述些小方失踪前后的信息，希望有更多的漂流瓶能够得以传递，在未来的某一时刻，遇见回向知音。

二十五年生命岁月投身许国终何方？七十五载无尽等待唯有光影留人间！青春永在，英灵不朽！一个半小时的访谈结束，算是给方大曾百年诞辰画了一个句号，了却了我作为纪录人的一个心愿！

无人光顾的直播，我们只好自说自话

整个访谈过程中，无互动，无评论，无点赞，网站的同志有些尴尬。“认识”方大曾多年，其实，我早就习惯了无人喝彩。如唐师曾说的，方大曾的失踪不具备耀眼性，不壮烈。所以，他仍难被广泛关注。

就这样，小方过了一个落寞的百年。

不怕谎言瞒天，就怕良知无声，在期待真相的时候，更期盼道义的自觉。

街上，人流匆匆，都为了争抢面包活着，鲜有人注意到角落里的钻石。我知道，我看见了。

消失与重现

方大曾百年纪念访谈无声无息，之后，一切归于平常。陈申老师宽慰我，“你尽到力了”。

花开又落，转眼第二年，上海一家叫锦绣文章的出版社的社长张仲煜辗转找到我，邀我写一本方大曾。我挺意外的，知道小方的人不多，出一本没有市场热点的书是需要勇气的，何况锦绣文章社的经济实力并不雄厚，他们感动了我。

多年来，小方是放不下的心事。从寻找到追随，情感的滋长，如同酿酒，越陈越醇，不觉中，我已渐渐成了他的“家人”。对于亲人的找寻，还需要有什么世俗的动机吗?

小方的生命轮廓是破碎的，遗存的作品是散碎的，再加上我的业余时间是零碎的，这三重碎片摆在面前，想连缀一个完整的生命样貌是困难的。

出版社确定了一个有价值的选题，抛给了我一个艰巨的难题，信息不全、资料不足、线索不多就是三座大山。不管怎样，这是一个再次“唤醒”小方的机会。

“方大曾不应该被历史和时代遗忘，至少我们要用自己的行动，挽回那缕若隐若现的荣光，让他永留人间，使正义、良知、家国情怀长久流淌在民族精神的主动脉。

“方大曾不应该被民族和后辈遗忘，至少我们要用自己的努力，拨开那些若有若无的尘埃，让他泽披来者，使担当、勇敢、崇高理想永远行走在民族复兴的主航道。”

在出版项目书里，这两句概括的话，可以说是我撰写图书的主旨和动力。尽管略显严肃，也不讨时下之喜，对历史的敬畏和先辈的敬重还是必要的。

无高远不成境，无广阔不成界，境界二字，是既要站得高，又要看得远的。

不知为什么，爱开玩笑的我在小方面前略显安静，他的无声，我以不响回应。

从一个纪录片导演的寻找入手，没有图示说明，东一个西一片，信息似拼插零件般散乱，不清楚玩具成型会是什么样，如何连缀？唯有且行且探。

纸张里写进时光的味道，拍摄《寻找方大曾》所写的约 20 万字手记，很快把我拽回电视手艺人的年代。在电脑还不普及的时候，作业手段全靠手工书写。

一笔一画的跋涉，勾连出过去的年代和过去的人。

一颗石子击出的涟漪，随波和缓，石沉水底。1937 年 10 月以后，方大曾完全失去了消息，由于战乱，人们对于他的找寻无可奈何地放慢和终止，所寻的旧刊上也见不到一声一息。在随后的年代，他只活在家人的心里。

前无专述，消息散佚，写作是困难的。不同于纪录片的影像支撑，解说词的单纯建构无法形成读者的连贯故事，于是，《寻找方大曾》正片之外的大量储备资料，被用来填补骨架以外的血肉。

小方的作品和部分当事人的访谈、文章寻来不易，使用时尽量保持原汁原味，让读者在接近环境人物时，随文字叙述感受当事人的所遇、所想和所见。

使用史料，不妄加臆断。小方的还原，应遵循冷静和白描，面对未知，以诚实的态度交代给读者。纸上纪录片，该由人物、作者和受众一同完成，从消失到重现。

期间，我随团出访捷克、波兰、意大利，带着笔记本，一路上有空就写，小方随我来了一次欧洲旅行。在威尼斯，同行者问背电脑干吗，我说写作业，没敢说写书，太隆重了，怕万一印不出来，让人笑话。

断断续续写了三个多月。行政事务的繁杂搅扰，使我中途几次搁笔，思路中断，拾起时，又不得不从头通读。

由于年代久远、资料匮乏，除了以往的积累，寻找新线索、补充新材料一直伴随全程，考证和删改也是从头到尾。感谢压力和机会，催生了讲述方大曾的第一本书。

把梦想放在嘴上，不如放在腿上；把慈悲写在书上，不如写在心上。100 多个日子，400 多页文字，以当年导演阐述纪录片的题目为书名，《方大曾：消失与重现》初稿终于可以交卷。但是，小方

《方大曾：消失与重现》是第一本讲述小方的专著

在哪里?

成功无必然，失败无偶然。

如果没有方澄敏的坚持，没有方大曾友人李惠元、陈昌谦的牵引，没有新闻人吴群的考证，没有新闻人范长江、陆诒等人的回忆，这本书一定无从谈起。我甚至觉得，一点一滴的发现，是小方在冥冥中给了暗示和安排。

阅读完书稿，张在璇先生告诉我，舅舅终于回家了。

有眼光没眼光

小时候我是一个迟钝的孩子，在奶奶家里长大，没上过幼儿园也没学过识字，伙伴们说的好多事似乎都听不大懂。当他们笑得前仰后合的时候，我总是因还没琢磨出味道被嘲笑，为此也曾被同院的孩子推进过河里。

我知道自己懂事比别人晚，晚得有些自卑。

一天下午，邻居黄叔叔从小河里钓到了一条大鲇鱼，他被太阳晒黑的脸上笑容洋溢，乐乐呵呵地告诉我："人啊，下傻力气用笨功夫百事可成，要是不成，你就等。"

这句话我一直记到今天，上学工作不偷奸、不耍滑、不取巧，只要干就是这个原则。

由于方汉奇等学界业界重量级专家的至评，媒体的广泛报道，方大曾的故事被更多人知晓，我多年寻找方大曾的事浮出水面。

我到大学里讲座，参加新书首发，出席座谈会，听到最多的一

方大曾是中华之树上的一颗果，必将融入世界文明之林

句是："您真有眼光啊，十几年前就看到了方大曾的价值！"

对于方大曾，难道说自己真的有眼光？行路莫贪近，做事莫讨巧，行贵实，做贵诚。在刚刚接触这个选题时，我一直被笑话没眼光。

其实，我是在筹备纪录片《二十世纪中国美术史》时偶然知道了方大曾，因为这次偶遇，美术史的拍摄搁浅至今。

小方的失踪引起了我最初的好奇，与他家人的接触又让我不忍心放下。

当我决定帮助他妹妹一寻究竟时，除了对他头戴钢盔目光炯炯的一张照片印象深刻外，几乎一无所知。

我被朋友质疑，“一个失踪了半个多世纪的人哪里去找？批了选题，花了经费，片子拍不成，会毁了你在圈内的名节”，最后的结论是“没眼光”。

世界之所以美妙，就是因为它并不事事如你所愿；生活之所以迷人，就是因为它并不时时如你所料。

与小方同行，从消失到重现，从寂寞到喧嚣，是不舍亦是不弃。如同搜寻海底沉船，需要长时间的探索、定位，漫长的过程非一日之功，唯有不断调整目光，才能锁定目标。

时隔多年，我才知道，在没眼光和有眼光之间只隔着黄叔叔对我讲的那句话。其实，眼光是可以锤炼的，有和没有是可以转化的。天地很大，不妨从远处着眼，近处做起。

八

@方大曾

一本书，浮现出你生命的痕迹；回归公众的视野，似新鲜空气使人一震。正义与良知，善良与勇敢，无私与透明，都被津津乐道。只是你的生命，像没有完成的乐章，引来一声声叹息。

方先生

“我可以给你拍张照吗？”在方汉奇先生的书房里，他边拿手机对准我边说：“你贡献不小！”方汉奇先生是中国新闻史学界巨擘泰斗，我辈不过是业界小卒，令人仰慕的大家竟谦和如此。

时任香港《大公报》北京分社总编辑孙志微笑着站在一旁，看90岁的方先生拍照。如果不是她，我真不敢想能有这样的会面。

阅读完《方大曾：消失与重现》，孙志马上联系到我问“是否给方老看过”。

因为在方汉奇先生主编的《大公报百年史》中，没有“战地特派员小方”这么一号，所以我不敢确认此人物是否有价值。“我的一本小书怎能入先生法眼？况且非学术研究恐漏洞百出！”

电话里听我信心不足，能干的孙志女士建议，先由她将书送达，看看老人家的意思，再争取带我跟方老见见。不久，孙志把方先生同意见面的消息告诉我，印象中是2015年春节前的两三天。

“你做了件大好事，这个人物我都不知道，他应该纳入《大公报百年史》”，我坐在方老对面，他说的第一句话，让我这个后生不知所措。“方大曾太重要了，如果没有他的照片，卢沟桥事变后的现场状况，我们只能通过文字去推测。他绝对是这个事件留下图像的第一人，那个时候的文字记者不具备摄影的条件。”

方先生比我想象的要矮些；汉奇之名，使望文生义的我，在头脑里联想成了奇伟高大。方老说他原名汉迁，有的地方读音与汉奸相似，故更名汉奇，哈哈一笑，陌生感全无，他仔细询问了发掘方大曾的一些情况，比如履历、家庭、从业等。真人面前岂能言假？我知无不言，将一路发现的经过、艰辛及无奈和盘托出，像孩子得到了师长的赞许，激动且兴奋。

满头银发的方老师记得，卢沟桥事变那年他上小学，当时的枪炮声和接下来的逃难印记尤深。他说方大曾独自穿越战区是需要巨大勇气的，单凭这一点就够得上伟大，只可惜下落不明，让人不免遗憾。

方老要把给我拍的照片发个朋友圈，还说年纪虽然大了，还可以敲敲边鼓，在精神上尽全力支持。

回家路上，我仍然被方先生的话感动着。手机一震，竟是他老人家发来的长段信息：

冯雪松的这部专著《方大曾：消失与重现》，把湮没了 80

多年的一位杰出的新闻工作者和摄影记者方大曾推到了历史的前台，让他的名字开始为公众所知晓，这是对中国新闻事业史人物研究和中国战地新闻摄影史研究的一大贡献。

方大曾有关卢沟桥事变和抗日军事活动的一大批新闻照片，是对伟大的全民抗战的忠实记录。它体现了抗日军民抵御外侮敌忾同仇的民族精神，鼓舞了士气和斗志，也保存了许多拍自第一现场的珍贵画面，具有重要的历史文献价值。我们为历史上有过如此杰出的新闻摄影记者感到骄傲。他将永远活在我们的心里。

此后，与方老师的联系多了，寻找中偶有进展或发现我必第一时间汇报，遇到出版社推广讲座等事也都听听他的意见。每每请教都有真诚回应，我倡建的方大曾纪念室和研究中心，还有主编的《解读方大曾》也都由他题字。他说，方大曾是中国的，也是世界的。

世界上有平凡的伟大，同样也有伟大的平凡。

记得方老师让我去取“方大曾纪念室”题匾时，一幅“方大曾纪念馆”先入眼帘，我心想：坏了，老先生一定写错了。他仿佛预感了我的疑惑，慢悠悠地说：“我没写错，总有一天会成为纪念馆的，万一那时我不在了呢？”然后又拿起另一张写着“方大曾纪念室”的条幅递给我：“我非书家，倘若不嫌字丑，你就用吧！”

小方对中华民族贡献很大，方汉奇说，他无愧于卢沟桥事变报道第一人

我非方门弟子，对于一个陌生的后辈，先生爱护提携、谦言以对，无门户之见，无功利之私。虽封笔多年，但方先生对我是极为慷慨的，当《方大曾：消失与重现》和姊妹篇《方大曾：遗落与重拾》合集送给他时，很快就得到评价的短信：

“为学当如猛将用兵，直是鏖战一阵；当如酷吏治狱，直是推勘到底。”这是前人对学者治学态度的一种期许。这种期许，在冯雪松的这两部新作中，得到了充分的体现。这两本书的作者为了发掘和深入研究方大曾这一历史人物所作的上穷碧落下黄泉的努力，和那种锲而不舍的精神，是值得充分赞扬和肯定的。

在我“寻找方大曾二十周年学术研讨会”期间，方汉奇先生又发来贺信，委托河北大学乔云霞教授代为宣读：

冯雪松同志从发现、寻找到深入开掘和研究方大曾这位杰出的历史人物，纪录他的生平，宣传他的业绩，表彰他的精神，已经 20 年了。使被埋没了多半个世纪，几乎被遗忘了的一位杰出新闻摄影记者的事迹，得以重现和弘扬于天下，弥补了中国新闻事业史和中国新闻摄影史上的一个重大的缺失，真是善莫大焉，功莫大焉！我给冯雪松同志这 20 年来为此做出的努力和贡献点个赞！并祝愿他在方大曾的研究和方大曾历史业绩的弘扬和宣传上取得更大更多的成果！

他还赠我《方汉奇文集》作为纪念，扉页上写着，“雪松同志指正：你为发现方大曾这一历史人物所做的贡献将永垂史册！”

在方大曾朋友圈微信群里，天南海北有 170 多位爱小方的朋友，方老师是年龄最大的一个。他观察我们的动向，细读我们的讨论，长时间潜水，偶尔冒泡，有时还会献上一朵小红花。

不久前，孙志女士再次拜访方汉奇先生，看到方老书架上摆着我的纪录片《寻找方大曾》。她说：“把小方放在书房醒目的位置上，方老很可爱！”

“方大曾与范长江双峰对峙，二水分流，一个长于文字，一个长于摄影，是中国新闻史上的双峰，可以并存于世并存于史并存于书。”方先生还有一个愿望，就是方大曾能够进入《中国大百科全书》。他对我说，如果能够实现，小方就修成正果，你也就功德圆满了！

这本书完成后，方老师寄来了题签——与小方同行。我会随着这份期待向前，一路走下去。

等着我

倪萍问赵忠祥："您还认识他吗？"赵说："我认识小冯，不知道他还认识我不？"

在《等着我》录制现场，观众就位了，此刻，我就坐在倪大姐的边上。他和老赵的这个对话，算是节目开录前的热场。

这一刻是2015年6月14日的下午，地点是中央电视台新台址一号演播厅。

早在一个多月前，这档高收视寻人节目的分管领导张国飞找到我，因为多年的同事就少了客套，电话里他说《等着我》想做期寻找方大曾的内容，到反法西斯战争胜利70周年纪念时配合一下。这个理由没法拒绝，不过，不主动找媒体宣传，尤其是本单位，是我的原则。

实话说，自1999年秋天开始寻找方大曾以来，到2014年10月《方大曾：消失与重现》出版，15年间，几乎无人知道我的找寻不曾停止，不过是由于工作变动和其他原因时断时续。纪录片《寻找方大曾》播出以后又陆续发现的新线索让我对小方的认识不断加深，兴致牵引着我把每一次即将画上句号的终结，又变成了问号或者逗号。

《方大曾：消失与重现》的出版引来中国新闻史学界泰斗方汉奇先生嘉许，自然就得到业界和社会方方面面的关注，小方也就在沉默了大半个世纪后乘势走进公众视野。

其实参加《等着我》还有一个小小的私心。当时，保定市政府已经决定在当年曹锟的大帅府光园辟出一间屋做方大曾纪念室，而作为落实此项工作的市方志办却拿不出布展的费用，谦和的孙进柱主任常常一脸苦笑话说半句。我知道，他难！一向怕给人添麻烦的我，也穷尽心思琢磨哪里能够生出财路，尽管电话那头，老孙的保定口音一再重复着“你别急，我再想想办法”。

录制现场，在介绍方大曾时，我注意到对面的倪萍大姐双眼闪着泪花。赵老师说：“在世界反法西斯胜利七十周年之际，我们纪念这个第一时间赶赴卢沟桥事变现场，拍摄照片保留史实的人，缅怀他的功绩是应该的！”《等着我》栏目的缘梦基金当场答应帮助解决方大曾纪念室布展需要的五万元经费，并准备购买200本《方大曾：消失与重现》送给贫困山区的孩子们。他们的义举去除了我一大块心病。说私心，这算吗？

场景的大门缓缓拉开，以往空椅子或坐着人的椅子，变成了四

倪萍大姐说“咱们为英雄小方做点实事”

名武警战士守护着的方大曾雕像，逆光中他们聚合成了一组群像。这是一个精心设计超常规的仪式，全体观众起身致敬。

主持人舒冬朗诵了小方在《卢沟桥抗战记》里的一段话，当说到“伟大的卢沟桥也许将成为伟大的民族解放战争的发祥地了”那一刻，方大曾的外甥张在璇流泪了。

节目录制完成后，赵忠祥“严肃”地对我说：“下次台里分鸡蛋，别忘了给我挑大个儿的啊。”从二十多岁拍纪录片《解放》时就认识他，合作过多次了。不过分鸡蛋是行政处的事，我当时在综合处，老赵肯定记错了。没想到这句玩笑竟是他和我说的最后一句话。

看到这期节目已然是7月5日晚上，我人在保定，正和孙进柱筹备着方大曾纪念室的落成仪式。印象中接到了很多人的电话，有熟的也有不熟的，他们知道了小方也知道了我坚持十几年干的事。记得有一哥们儿说：“行啊，做好事藏得够深啊，这回暴露了！”

当晚还有一些微博大V抑制不住激动发表感慨，思想聚焦说：“每一个生命都值得被尊重，每一次寻找都是一次希望。”张颐武说：“今晚让人感慨万千，这期是寻找抗战初期年轻摄影记者方大曾。方在华北抗战初期用自己的摄影（照相）机和笔报道见证历史，不久后再无踪迹。由于冯雪松等人的努力，方大曾已经为人们所了解。他的故事得以在电视上陈述，既是对抗战的纪念，也体现了平台的责任感。每一个牺牲都是至高无上的，不应被遗忘。”

节目播出的第二天，《等着我》制片人杨新刚告诉我，根据收视份额测算，看了这期节目的差不多有一亿人。

方大曾真的归来了吗？喧嚣片刻过去，我坐在保定的酒店房间里问自己。

纪念室

一天夜里，雕塑家李一夫打电话给我，说读了《方大曾：消失与重现》很感动，想为小方做个雕像，问我是否同意。凌晨一点也许正是艺术家创作力澎湃的时分。睡意蒙胧间，我的内心流淌出丝丝暖意，终于有人愿意为小方做点事情了，真好！

欣慰间，转念想到当下艺术品价高物昂，哪是我辈享用得起的，便一下子清醒过来，连说："非常好，谢谢你，但是有个条件。"

电话里一夫显然有些意外："哥，你说！"

我告诉他："做像可以，纯公益，不许要钱！"说完我有些不好意思，让人家出工搭料还没费用，哪有这么办事的？

一夫是个爽快人，作品好人实在，他松了口气："哥放心，您这么多年不也是自掏腰包地寻找吗，别小看了兄弟的觉悟！"

如果真的实现，正在筹备的方大曾纪念室就将多一件宝贝。我把这一消息告诉正在为布展操心劳神的孙进柱主任，他憨憨笑笑：

“那敢情好啊！”

即将安置方大曾纪念室的光园，坐落在保定昔日热闹的裕华大街，曾是直系军阀首领曹锟的府邸。1922 年直奉大战爆发时曹锟居于此。蒋介石、张作霖还有文化圈的康有为、梅兰芳、齐白石都来过。这么说吧，那时候能进光园的没一个凤主。附近有直隶总督府、莲池公园，还有拍摄过《野火春风斗古城》的老巷子，每次经过，我都想起金环和银环。

据说，这么显要的所在，早就被会所的经营者们盯上，当时的保定市市长马誉峰为了振兴文化事业力排众议，硬是把光园给了穷单位地方志办公室，做保定方志馆的落脚地。

保定是方大曾战地报道的中转站，《前线忆北平》《保定以南》《保定以北》都在这里完成。最后一篇报道《平汉线北段的变化》也是写在这里，于 1937 年 9 月 18 日从距此不远的蠡县发出，最后失踪地点据推测也应该是这里。“在光园辟出一室，为小方灵魂安个家”，时任马誉峰市长的呼吁在各方的努力下终于实现。

筹备纪念室的日子里，从照片选择归类、陈设规划到喷图制作，两三个月间孙进柱主任保定、北京来回跑。有限的费用常让他手心出汗、心里哆嗦，不得不反复比较、精心盘算、讨价还价。老孙还给设计公司讲了小方的故事，顺带还说了说开辟纪念室的意义，几个青年被眼前这位老实巴交大叔的叙述感动，决定仅收取材料费。“要算上人工费，咱的钱还真就不够了！”老孙后来跟我说。但是他

一夫（右一）、陈申和孙进柱（中）为方大曾纪念室布展设计方案

绝口未提资金没到位前怕耽误工期，他瞒着嫂子从家里拿钱垫付的事，我是后来才听方志办的同志说的。

李一夫夜以继日创作的方大曾像很快完成了。文字里人们靠想象复原的他，照片里家人用思念触摸的他，终于立体地呈现在人们面前。这个玻璃钢完成品头戴钢盔、脸侧四十五度、凝视远方，我仿佛看到母亲等待多年的孩子、妹妹苦心期盼的哥哥、我们努力寻找的英雄归来了。

为了这尊雕塑，一夫推掉了几个赚钱的活计，想了若干方案不停揣摩。他的付出我无以回报，我能做的就是向人推介他。北京电视台的读书节目，央视的《等着我》，中国记协的座谈会，新世界出版社的新书发布会，在我的推荐下，主办方一次次把小方像和一夫请到现场。听到大家的赞许，看着有人围拢着小方留影，我的内心才稍安稳了些。

“一夫，跟你商量件事，”有一天，我厚着脸皮说：“好人做到底，你把这玻璃钢的给咱铸成铜的咋样？”说完，我暗骂自己得寸进尺。他看着我，只回答了一个字：“行！”

一夫真实在，落成那天，用青铜铸成的小方像居然四个人也抬不动。“得用多少材料啊？”孙主任抚摸着铜像挺高兴。“尽量往最好里整呗！”一夫憨厚地笑着。他告诉我：“用了加厚的铜料，是挺重，可跟小方比起来还是轻的。”

方大曾亲属捐赠了他旅行用的皮箱，上面错乱的划痕不知哪一横来自穷乡僻壤哪一竖来自枪林弹雨，但无疑它是经历过战火的。

距离纪念室幕启还有一小时，我独自一个人站在用 15 年光阴为方大曾换来的小家里。二十几个平方虽然小了些，对我来说却是寻找之初未敢想象的。看着一路捡拾来的照片和文字密匝匝地铺满墙面，尤其是和照片中的他不经意间目光交错的一瞬，我流了泪，说不出是高兴还是难过。

2015 年 7 月 7 日上午，保定上空持续传来防空警报声，铜像揭幕的时刻方大曾纪念室宣告落成。

托付

2018年7月7日，方大曾研究中心在保定市方志馆成立。成立仪式上，张在璇先生把舅舅一大本冲洗的底片小样交给我，表情郑重严肃，似乎是在托孤。此前，张在璇已于2006年代表家人将《寻找方大曾》纪录片中展示过的那一箱底片共837张捐赠给了国家博物馆，它们被评为一级文物。

他告诉我，2006年姨妈方澄敏去世前，把珍藏多年的底片悉数给了他，反复叮嘱，这是一家人的念想。而今，自己年纪也大了，家中再无人知晓此事，还是尽早移送为好。

在一旁，陈申老师附和，这样处理最妥帖。

方大曾失踪后，部分摄影作品能够幸存，确是奇迹。

传到我手上的照片小样，已经过方朱理、方澄敏、张在璇和陈申的传递，将来的将来，我能交付与谁?

仔细看，这一大本冲洗出来的作品小样，在厚厚的相册里整齐粘贴，略作分类，基本可以看出小方大致的拍摄顺序。其中有一部分是方大曾和朋友们的影像记录。

为了让小方的作品流传有序，使舅舅的名誉不遭贬损，在璇先生还交给我两封写好的“方大曾作品授权书”，并委托我为小方作品的正误以及小方形象的维护多尽心力。他告诉我这是一家人的意见，他们信任我。

其一：

委托书

冯雪松先生是我和家人非常尊敬、信任的学者和朋友，他今后可以支配及使用方大曾的所有作品。

特此授权

张在璇

其二：

委托书

为更好地维护方大曾先生的形象与尊严，兹委托冯雪松先生全权代表方大曾先生家人，对社会上未经授权使用方大曾作品和错误使用方大曾作品（包括照片说明的时间、地点、事件表述错误）等乱象进行法律维权。

特此委托

张在璇

承载着亲人念想的底片，是信任也是责任

交付我的这一大本照片，使我找到了不少新线索，《方大曾：遗落与重拾》的成书就来自这份珍贵馈赠。

再上找寻路，我的责任更加重，因为行囊里背负着一个家族的嘱托，也承载着发现的希望。

迷路

“冯老师是您啊！”

一辆出租车停在离我不远的地方，车窗摇下，后排座的两位女士边比画边喊。我仔细看看她们，不认识，谁呀？弄得我一脸蒙。

那天中午，我和陈申、张在璇离开保定，准备赶赴下午在国家博物馆开幕的“抗战与文艺”大展。出河北界进京方向拥堵异常，车辆排开数里，导航显示连片红线；我们差不多两小时才挪到检查站，又被告知抗日战争纪念馆有活动，杜家坎收费站以西交通临时管制，需要绕行进城。眼看开幕的时间快到了，国博那边还在催，按当时路况肯定赶不上，张老师决定换乘地铁，我们的车转向西南五环。

人往往急的时候慌不择路，七绕八拐地铁口总算是找到了。送走张在璇，我和陈申先生却迷路了。

在西红门南桥附近，陈老师建议先路边抽根烟想想怎么回去。

刚掏出打火机，就有一辆出租车缓缓开来然后停下，我们看见车里的人指向这边。坏了！我的第一反应是，2015 年 7 月 1 日起北京禁止户外吸烟，得，被抓个现行！

两位女士和一个小姑娘开门下车快步走来；原来她们来自重庆，到北京参加“我的一本课外书”全国总决赛录制。小姑娘叫马美灿，是参赛选手，旁边一位是她的母亲李莉，一位是她的指导老师网名陌上花开。马美灿参赛推荐的书就是《方大曾：消失与重现》。

陌上花开告诉我，她们看了寻找方大曾那期“等着我”，还琢磨着怎么能见上我一面，真意外，这样的初见需要多少铺垫和因缘啊！原来，她们也迷路了：中午跟朋友吃过饭回酒店，结果司机路不熟违章逆行，在大兴这个地方转来转去。郊区车少人少，刚想寻人问路就碰到了我们。

因连日备战比赛，书里的一些章节马美灿都能背出来了；陌上花开说，念念不忘必有回响，这回真信了！

陈老师跟我开玩笑说，将来写书一定要把这段写进去，太神奇了！

其实，我更愿意相信是小方在牵引，在他的精神的感召下，一些志同道合的人汇聚到一起。我们的方大曾朋友圈群里目前有 170 人，其中不少是各种机缘巧合相识的，这让我觉得，方大曾还活着。

两天以后，我接到马美灿小朋友妈妈的电话，说：“小马用自己的压岁钱买了 50 本《方大曾：消失与重现》，她的愿望是请作者签

为马美灿小朋友签书，希望有更多的孩子喜欢小方

上名，送给一同参赛、来自全国各地的孩子们，让他们把小方精神带回家。”

为此，我专程去了星光影视园为小马圆梦，这一回没迷路。

2016 年 10 月，“方大曾校园行”公益计划第 12 站走进重庆大学。讲座结束后，我忽然间在人群中看见马美灿，她挤过来献花。一年不见孩子长高了，大大方方也显得成熟了许多。闲聊间，我们又说到了那次迷路，她突然正经起来，告诉我要以小方为榜样，精神上永远不迷路，然后我们都笑了起来。

小方回家

2015 年夏天，又到香港，这一次是受邀出席《大公报》创刊 113 周年暨抗战胜利 70 周年纪念活动，并在“一份报纸的抗战”论坛上发表主旨演讲“伟哉大公报 壮哉方大曾”，地点在香港会展中心。

傍晚，从赤鱲角机场出来，天青色的夜幕下，沿途的灯火三两闪烁。对于香港我是比较熟悉的，2002 年到 2007 年我驻站澳门时，因公因私往来较多。印象里，东方明珠的夜色彩斑斓，此刻却有几分冷清。那一晚，从酒店的落地窗看湾仔，蓦然间感到多少次走过的地方陌生了。

2015 年 6 月 29 日下午，香港会议展览中心贵宾室，《大公报》“一份报纸的抗战”论坛开幕前，我向几位嘉宾介绍了方大曾的寻访情况。其中一位打断我的话问：“能不能在以后演讲的表述中，把战地特派员改成《大公报》战地记者？”“可以啊，”我开玩笑：“不过那样报社就要支付人家 80 年的抚恤金了！”大家哈哈一笑陷入沉默。按今天的话说，战地特派员相当于项目制员工，也就是个临时工。

《大公报》是一份伟大的报纸，不仅仅是因为 113 的历史，更在于她和中华民族脉动相随、同呼吸共命运的责任与担当。在每一个重要的历史节点，都有她不屈的身影和正义的回响，都有她文章报国的历史强音，演讲中我向这份伟大的报纸致敬。

周恩来总理曾说,《大公报》是爱国的、坚持抗日的。的确，大公报作为抗战的新闻重镇，不仅提供强有力的舆论弹药，更涌现出一大批具有民族气节、铁肩担道义的新闻人，方大曾就是其中杰出的一员。这个年仅 25 岁的年轻生命，永远消失在烽火连天的抗日最前线，永远消失在为《大公报》采写一手独家新闻的战场。经研究查证，方大曾很可能是全面抗战后牺牲的第一位战地记者。

为《大公报》工作期间，应该说是方大曾最成熟也是最辉煌的时期，报道最及时，表达最鲜活，哪里有炮火哪里就有小方的身影。据范长江回忆，当时，方大曾是平汉前方唯一的记者，报道很出色。

在外敌入侵、民族存亡的关头，方大曾用生命交换的底片为我们留下了宝贵的民族记忆。他如彗星一般划过夜空，用自己的生命和丰富的报道证明，新闻工作者的国家情怀和崇高理想，值得用生命去体验，去追寻，去换取。

真正的高贵在平凡处，真正的高尚在危难时。

越是去寻找，就越觉得关于他身上的未知还有很多，他的价值无法估量，这让我难以停下寻找的脚步。

《大公报》是小方最后供稿的地方，参加这次活动也是为了让小方“回家”。在演讲过程中，我把专程从成都赶来的张在璇先生请上台，这个家族 80 年来有一个未了的心愿，就是让方大曾回到出发的地方。现场，张在璇先生把从小方 837 张底片中精选出的 464 张电子文件捐赠给了《大公报》。我想，这些照片得到了很好的归宿。

九

@方大曾

人们喜欢你，因为你的青春是闪亮的。我要让更多的人知道，人品纯正、英勇无畏、善良笃定的品质在当下的珍贵。多一个人认同，就多一点温度。

一个听众也要讲

“方大曾校园行”公益计划的缘起，是在香港《大公报》的论坛上巧遇陈昌凤教授，她是方汉奇先生的高足，时任清华大学新闻学院常务副院长，中国新闻史学会会长。她在方汉奇先生的微信朋友圈里知道了寻找小方的事情；论坛结束后的晚宴上，我们相邻而坐，话题自然是老方和小方，一个是她的恩师一个是我的偶像，因此没有陌生感。

“欢迎你有空来清华讲讲小方，”昌凤大姐帮我布菜时说。之前，也有人邀请我去学校交流，后来没了动静；曾问过一次，显然我太认真，人家只是客气。“好啊，”所以这次我也只是点点头口头应承。

没想到，简单的应答成了“方大曾校园行”的开端。

返京月余，我接到陈昌凤教授的电话，她来跟我确认去清华讲座的时间，还告知我已与其他几所大学说过此事，他们也有意邀请。

陈教授是南方女子，智慧干练爽快，为人坦诚。在她具有亲和

与中国新闻史学会会长陈昌凤教授相遇《大公报》

力的卓越领导下，新闻史学会不断壮大，二级学会陆续增加，声势远播。

2015年9月23日下午，“方大曾校园行”公益计划在清华大学开启首次高校宣讲，新华社、人民网、国际在线、《大公报》、《澳门日报》等媒体进行了现场报道。

开讲前，陈昌凤教授在致辞中表示，78年前的方大曾以镜头、作品展示家国情怀，78年后的今天，冯雪松以“校园行”的形式传

利用业余时间举办方大曾校园行公益讲座

承这种精神；两代记者实现了“隔空对话”，这是对历史的铭记，更是对未来的启示。

没有鲜花，没有启动仪式，“方大曾校园行”公益计划就这样开始了。我坦言相告：“在寻找方大曾的过程中，没有理论，没有方法，没有捷径，唯有出傻力气下笨功夫，恐怕会让在座失望。如果没有兴趣可随时离席。”我将一路所寻所得平静叙述，还好，一个半小时当中没有人走。

挺好！临别，昌凤大姐鼓励我：“你讲课比我讲课来的人还多呢，要坚持走下去，还有好几所大学等着你呢！”

随着邀请的增多，我的“方大曾校园行”公益计划逐渐清晰起来，我给自己设定了一个目标：用业余时间以自掏腰包不收讲课费的方式，两年内走完 20 所大学，让更多的学子认识了解方大曾。

高校之旅并不是一帆风顺的，我也遭遇过冷落。有一次，因为报名听讲的人不多，主办方从礼堂换成教室，然后又变成小会议室，连着改了三个地方，最后联系人跑来道歉，连说没有组织好。

其实无论是热情还是冷落，我都做好了心理准备，自校园行计划开启，我抱定的原则是：即使一个听众也要讲。好在，讲座整体来说还是越来越受欢迎的。2017 年 5 月到东北农业大学讲座时，600 张票线上一分钟抢光。

经过近两年的坚持，我的 20 场“方大曾校园行”最终在四川内江的范长江新闻学院圆满落幕。当天，范长江先生长子范苏苏邀集了 11 位范长江新闻奖得主前来助阵，我主编的《解读方大曾》一书由中国社会科学出版社出版首发。

闲聊时，长江奖得主们得知我还未获过此殊荣后，第七届获奖者刘少华老师开玩笑说：“到时候我们投你票！”没想到，一年过后，才思敏捷、文采纵横的刘老师因病去世。此后，我更加珍惜“校园行”遇到的朋友。

回到家，我写下几句话，题目《带着小方上路》，无韵无彩，却是真心话。

八十年前消失在前线
八十年后重现在视线
民族危亡在你镜头中
家国情怀在你通讯中

一个人的课堂
一千人的礼堂
我们都要坚守
因为这是阵地

用青春打造真实
用生命交换真相

不是所有英雄都以辉煌落幕
沉默的英灵更值得世界喝彩

无论走了多久，只要目标在前，我们还被路上的风景感动着，被亲人的叮咛温暖着，就没有停下脚步的理由，即使最终无人理解。

留在纽约的空酒瓶

2017年5月我有过一次短暂的纽约之行，来回四天，确切地说，是受邀参加The 2nd International Symposium "Introducing China to the World"（第二届"向世界说明中国"研讨会）。主办方及邀请方是纽约州立大学视光孔子学院，他们希望我做一个"寻找方大曾"主旨演讲。

到达纽约的第二天上午，站在离我入住酒店两个街区的时代广场，看着金发碧眼的匆匆人流，我的旅途疲劳被兴奋赶走。我手持小方的肖像照留了一张影，算是一种告慰：想当年，他拍摄的反映中国风土人情和抗战的照片被欧美报刊刊载，向世界传递出遥远东方古国的风貌和苦难。他的贡献本应在历史中留下一笔，却被长时间低估甚至遗忘了。想着想着，我竟流了泪。

纽约州立大学并不在我的"方大曾校园行"公益计划之内：纽约太远，机票太贵，是我无力承担的。主办方善解人意，主动为我承担了往返费用，如此一来，我就欣然增加了这场“特别讲座”。

美国《侨报》预告了讲座信息，纽约州立大学视光孔子学院中方院长陈洁教授为此做了各项准备。主办方给我打了预防针，告诉我“工作日举办的讲座，观众不会像国内那么多”；实际情况是，观众比我预想的要多。

讲座前，中国新闻史学会会长、中国人民大学教授王润泽应邀致辞，她说：“以前传教士拍摄的中国人是麻木的、愚昧的，眼睛是死的，方大曾拍的中国人是有感情的，眼睛是明亮的。我们的小孩是阳光的，充满笑容的，我们中国人的心灵不是麻木的，我们是积极向上的。”因此，当她第一次看到方大曾拍摄的照片时，立刻就被感动了。

或许是长期从事纪录片创作的缘故，我始终要求自己采用白描的方式叙述，少用或不用形容词；语态尽量平和，杜绝夸张腔调。我坚信故事感人凭的是内容，不是花里胡哨的表演。考虑到现场同声传译，那一天讲的速度比平时要慢一些。听众跟随黑白幻灯片走进方大曾的世界；从他们专注的表情上看，已完全被这个陌生的故事吸引了。

纽约州立大学视光孔子学院美方院长Guiherme Albieri坐在第一排。开场前他告诉我，因为还有其他事情，听五分钟就会离开，结果两个多小时后仍坐在那里，一直听到了最后。他让我在书上签名留念，然后走上讲台说：“方大曾和冯雪松是不同时代的两位英雄。方大曾不顾安危第一个抵达卢沟桥，用镜头记录下历史，其勇气令人钦佩，其作品具有深远的意义。而如果没有冯雪松，我们便不知道方大曾的故事。冯雪松踏上漫长的寻找之旅，把方大曾的伟大事迹讲述给后人听，让人们了解到这位英雄所做的贡献。”

午餐时间，主办方问我可不可以去纽约州立大学的另一个校区再讲一场。我没有拒绝的理由，表示只要有人听当然可以讲；不过第二天就要离开美国，时间只能安排在当晚。

据说，纽约州立大学有四个校区，60 万学生，是世界上最大的大学。几乎整个下午，我们都在赶往 Albany 校区的路上。

印象中，当晚有几位是驱车一两个小时来听讲座的，明德中文学校陈彤校长是其中一个。她个子不高，眼睛明亮，整个过程中专注地盯着幻灯片，时而唏嘘感叹，偶尔抹抹眼角。

其中一个美国老人，听不懂中文，以为义工小龙是现场的翻译，要求他逐句讲解；稍有迟缓，就急着努嘴。厚道的小龙只好趴在他耳边听一句译一句。直到结束，小龙捂着脑袋告诉我：“同传真的不是好干的，整场下来，大脑严重缺氧。”我们一行人都笑了，这个学习中文的美国孩子也太实在了。陈彤说，冯老师再来美国讲座，我第一个报名免费当翻译。

讲完后观众久久不肯离去，围拢着又聊了很久。看得出，他们叹息着小方的命运，猜测着他的行踪，同情着家人的等待。有人说小方是真正的新闻记者，有人说他是杰出的摄影大师。“No！”那位美国老人似乎听懂了，大声说："He is a hero across national boundaries!"（他是跨越国界的英雄）

讲座散场后，我和纽约一行认识的朋友们继续畅谈到凌晨。三斤装红酒和一瓶白葡萄酒下肚，空气里燃烧着友情，世界立刻美好。大家来自天南海北，可能只有一面之缘却似老友重逢。这缘分，是小方给的。

后半夜，坚持到最后的四个人，直言酒买少了。为了留住这个美好的夜晚，我们把名字签在酒瓶上，寄存在纽约的朋友处；

天南海北爱小方的朋友，还有机会重聚吗

相约日后以瓶为号，瓶到人聚，召之即战，为小方赴汤蹈火，绝不食言！

在机场，我接到中国驻纽约总领事馆的电话，转达徐永吉参赞对这次讲座的赞许。他在《侨报》看到了相关报道，希望有机会我能给总领事馆的外交人员也讲一场。

> 昨晚聆听了一个鲜为人知、感人至深的中国故事。冯雪松老师把一个活生生的、才华横溢、热爱祖国和人民的小方呈现给大家。唏嘘小方的消失，更感动于冯老师多年执着地做一件于己无功无利，于社会大功大德的事。（摘自纽约州立大学中国文化与经济孔子学院美方院长黄友琴微信朋友圈）

我从纽约归来不久，明德中文学校校长陈彤博士以与我连线对话的形式，为全校师生做了一个“寻找方大曾——小方在明德”的专题讲座。让人感动的是，这些美国的孩子们通过陈彤博士的讲述，了解了寻找小方的历程，并且喜欢上了小方。

美好的时光总是很短，真希望再看到那只签了名的空酒瓶。到那时，一同欢聚过的朋友们，也不知还能够见到几个？

另一只木盒

2015 年 7 月，方大曾纪念室落成，长时间的寻找似乎有了圆满句号。没承想不久后，方澄敏的儿子查昇年先生的一个电话，让句号再次打开，使小方的故事又一次继续下去。

除了表示家人的感激，电话里，查先生向我讲述，舅舅失踪多年之后，母亲和姨妈方淑敏让孩子们改口，管外婆方朱理叫奶奶。这个决定意味着姐妹俩预感小方不会再回到这个家了。查先生还告诉我，母亲 2006 年去世后，有一些私人物品一直没有动，希望我有空去看看，或许对研究方大曾有用处。

方澄敏 91 岁辞世，没有让后人留下骨灰；遵照她的意思，哥哥没有影踪，她也不想留下痕迹，索性撒掉。除了日常所用，她的遗物是一大一小两只箱子，大的是小方使用过的旅行皮箱，小木箱则是小方用七块大洋找人定制的两个底片盒之一。我原以为小方的底片只保存下来一箱且都捐给国博了，没想到还有一箱。

期待饱经风霜的木盒召唤小方归来

旅行箱斑驳的皮面划痕累累，左一横又一竖，是时光的雕刻。不知道这些经年跨月的密码记录着什么，预示着什么。80 年前，时间的那一头，这只旅行箱曾伴少年出远游，行程千里问苍生；80 年后，时间的这一边，它静待来者解迷雾，风尘百载叹无声。打开来，一些有关方大曾的杂志和书在里面仔细排放着，还有方澄敏的记录本、照片、手稿和私人信件。若有若无的樟脑味道告诉我，此刻正在轻轻地接近一段家族的历史，可以触碰，可以感知，还可以慢慢唤醒。

小木箱里，一个旧信封外勒着几道发白了的皮筋，里边包裹着数十枚粉红色的底片袋。胶片一张张取出来，对向阳光，竟然是从未见过的小方的私人照片和一些陌生人的影像。2000 年，在纪录片《寻找方大曾》拍摄过程中，我们曾反反复复翻看方大曾留下的底片，可以确定地说，这一部分是实实在在没有见过的。这些属于小方的私人照片，是家人捐赠给国家博物馆的 837 张以外的。

为什么方澄敏老人在纪录片摄制时没有拿出这些底片？晚辈们不得而知。它们被精心地保管在隐秘的角落，是因为比较私人化，还是另有隐情？在之后的很长时间里，这个问题一直萦绕着我。

除了方澄敏的孩子们，我也曾问过方大曾的姐姐方淑敏的女儿张在娥和儿子张在璇，他们也没有听姨妈提起过这部分珍藏。难道是因为年深日久被遗忘了吗？应该不会。从她 1987 年写给张在娥的一封信里看得出，对于方大曾和协和胡同的老宅这“两件事”，她有着深切惦念与眷恋，怎么会忘记了呢？

阳光从窗外照射而来，80 年前，这光不也一样照射在青年小方的身上？面对方澄敏的遗物，我想，如果没有她的珍存和传递、执着和坚持，我们怎么会认识方大曾；怎么会把一个名字和一段传奇连接在一起；怎么会感觉得到，穿越而来的太阳光线，今天和昨天的有什么不同？

随着一张张底片冲洗显影，我又重新认识了一遍小方。身着学生装的少年，俊朗阳光的求知时代，与朋友轻松快乐的郊野远足，和师友记录情谊的历史瞬间，未知名姓者的笑貌音容……这些照片，是我十几年寻找旅程的丰厚回馈。

自编机房

午饭后，我沿着方楼通道避开热闹，漫无目的地转到圆楼二层，这里是电视台的制作区域，已经很久没来了。八月份的窗外热气蒸腾，我站在走廊里与其说感觉到清凉，不如说是冷清。印象里，从前的制作区是热闹的，人来人往循复不断，排队拎盒饭都是一景，眼下都不复存在了。墙上的老壁纸翘起翻卷，演播室显示肃静的灯箱褪了色，楼道里弥散着潮湿的味道，一切都久违了。

随手拍了照，私信给导演哈文；我们都曾在这个区域编片子做节目，此时她远在美国，正陪着女儿读书。过了不久，她回复，物是人非了，向前看吧朋友。这一刻，体会了往事不可追的遗憾。

H204 是从前的自编机房。许是机器搬走了，敞开的门内空空荡荡；地面和墙壁都没有变。20 年前，纪录片《寻找方大曾》就是在这里由我一个个画面剪出来的。感恩时光可以带来回忆。

一个拉杆箱的资料，五十多盘素材，两台数字对编机；资料编

网络时代，电视退到了历史的后院

号，粗编剪辑；自编机房里只有时钟走动，一切仿佛静止。经费紧张，没有助理，机房又不允许存放物品，东西每天搬来搬去，一切都得自己来。既是导演，又是资料员，又是联络员，又是剪辑师，还是搬运工。

那是2000年10月，耳边是对编机打点和磁鼓跟磁带的摩擦声，眼前是胶转磁的黑白资料画面。河北、山西、内蒙古走了一圈，前期拍摄基本完成，只剩下零星文献图片的补拍。我一边担任补拍工作的场记，一边着手粗编工作。

我们的寻找是从寂静中开始的：时光倒流70年，照片中的影像流动，人们看到了已经消失了的码头和工厂，看到了生活在今天的老人们的青春时代，看到了20世纪30年代国际、国内的社会风貌和生活景象，看到了一个叫方大曾的年轻人背着相机走过一个又一个历史的瞬间。

生命无常，毫不随己，不过是由你暂时保管。生命的价值不在于长度，而在于属于你掌管的时间之内做了什么有意义的事。

我曾在当时的工作笔记里写道："我们拍摄此片的目的不仅仅是去寻找一个人，还包括通过"寻找"去还原一个真实的、热爱和平与自由的生命。他通过自己的镜头，抚摸着60多年前国难当头的中国大地。他镜头里记录的影像，是我们了解当时中国社会的生动图本。他以个体的高贵品质，为我们确立了一个物质之外的精神境界。拍摄中，我们试图依照他的最后旅程解读抗战初期一个人的命运和一个国家的遭遇。”

纪录片制作初期，为了更好地了解方大曾生存的时代背景，我仔细梳理过那一阶段的种种大事。我希望从中找到某种影子或关联，力图通过事件去还原时代，找到可供拍摄的形象和根据。

纪录片需要真实形象的支撑，任何一个画面都要有依据，有来源。在《寻找方大曾》拍摄过程中，我伴随着纸张的霉变味道，翻阅了数百万字历史的资料，确定了几十个采访对象，所拍摄和使用的视频资料内容达几十个小时。我希望可以在纪录片中呈现方大曾生活的立体坐标，让观众知道，是什么样的一种环境影响小方，推动他拍摄照片。国际背景和国内现状都要予以呈现，因为时代会影响一个人的价值取向。从我“接触”小方的感受上来讲，我觉得他是一个具有高尚情操的青年。所谓高尚体现在，他拥有一种民本的、人本的朴素思想。

1999 年年底到 2000 年秋天，近一年的时间里，我曾两次往返方大曾为人所知的最后路线。他超越年龄的成熟行为和超越时代的深刻见解，让人钦佩。拍摄过程中，我经历了亲人亡故、经费不足、线索中断、孤立无援等种种困境，每每坚持不下去，都会受到小方精神的鼓舞，重新振奋起来。

纪录片《寻找方大曾》选题的最初立项是栏目内运作。由于经费有限，“追寻小方最后的足迹从河北到山西等地”的外拍计划搁浅。2000 年 7 月 9 日第一版播出时，纪录片所涉及的地点以北京为主。

该片播出几天后，我在中央电视台IBC（国际广播中心）吃早饭时碰到时任社教中心主任高峰，恰巧他也看了这个纪录片，话题自然就围绕着方大曾展开。当我为未能成行的外拍工作遗憾时，高峰主任几乎未加思索地表示该片可以作为社教中心的特别节目继续拍摄；作为资深纪录片导演，他深知这一选题的价值。在我的工作经历中，一部片子播出后再度拍摄是前所未有的。同年11月，《寻找方大曾》第二部播出，由高峰先生亲自配音。一年后，该片荣获第十五届全国电视文艺星光奖。

圆楼通道缓缓弯转，一路上房门紧锁尘土附着，许久没来过人的样子。20世纪80年代的装修显得陈旧，墙上海报中的明星恐怕已经成了爷爷奶奶。

行走半晌，只有当年的自编机房开着门。

十

@方大曾

与你同行的人多了：老同学的后人，新的知音，青年后继者，甚至外国人；痴迷你人格的力量，敬仰你光辉的功绩。多年来，队伍越来越壮大，我们一起已经由寻找变成了追随。

不为人知的事

许多人知道，方大曾和范长江是一同在绥远和卢沟桥抗战前线采访报道的战友，却鲜有人知他们还是亲属。

和范苏苏先生第一次见面时，他说："可能你还不知道，方大曾是我表舅。"

瞬时，我的脑袋里打了个转，从哪论起呢？难道小方和范长江是亲戚？还是头回听说！

苏苏老师是范长江和沈钧儒女儿沈谱的长子，我们第一次见面约是 2015 年的 9、10 月间。当时，我要主编一本《解读方大曾》，想听听各方的意见，没想到初次见面，他竟对我寻找小方的事了如指掌。后来知道，他与小方的外甥张在璇是发小，从小到大一直关系不错。

整理方澄敏遗物时，我翻开过一本范长江夫人沈谱赠送的《范长江新闻文集》，扉页上还有沈谱留下的字迹，赠给淑敏嫂，澄敏

范长江长子范苏苏称小方为表舅

妹。为什么会有这样的称呼？她们之间究竟有什么样的联系？

厘清此事，不能不提到小方的姐夫张孝通。孝通原名张贤达，小名卯官，与小方感情甚笃。其父早亡，从小在北京的姑姑张象徵家里长大，姑父就是著名的民主人士沈钧儒。1929 年他与方淑敏结婚时，17 岁的小方还拍下纪念照登在《世界画报》上。

沈钧儒先生待内侄张孝通如同己出，供其入北平基督教青年会商科学校读书。1927 年 5 月 21 日他在写给夫人的信中说，“卯官我很对不起他，但目前实无法兼顾。他的学费零用，我绝不勿管，他既有本领，我决然推荐。今年暑假，是否可以毕业，即告我知之。妹家惟卯为可爱，我必助之，望他要明白，并体谅我现在一时的苦处也。”

孝通毕业后，沈钧儒先是推荐他到政法界，后转到上海铁路局工作，仍一同居住，而且时刻关心着他的成长。

或许张孝通在青年会商科学校读书期间就与少年小方相识，后来姐姐方淑敏与孝通结婚是否与小方有关已无从可考。据张孝通的长女张在娥回忆，父亲一直购买舅舅经常发表作品的《世界知识》《良友》《生活星期刊》，以及后来供职的《大公报》，通过报道来了解小方的动向和行踪。

1934 年年初，沈钧儒夫人张象徵因受风寒，患急性肺炎，继发胃炎，最终救治无效，于 3 月 22 日在上海去世。沈先生悲痛异常，入殓时，他将自己的照片放在亡妻胸前。灵柩安葬嘉兴沈家浜祖坟时，沈钧儒吩咐在夫人下葬处筑一生圹，准备来日与夫人合葬。

自此之后，沈钧儒更加疼爱张孝通，见到他就仿佛见到了夫人张象徵。他的女儿沈谱与孝通、淑敏夫妇情同手足，昵称他们卯哥、卯嫂。沈家和方家也多有往来，沈钧儒在写给家人的信中提及“孝通亦通讯暂无问题，卯弟妇之妹妹方澄敏在此”。

1936 年 11 月 22 日深夜，国民党政府以“危害民国”罪在上海逮捕了沈钧儒、章乃器、邹韬奋、李公朴、沙千里、史良、王造时七位救国会领袖（史称“七君子事件”），随后将他们关押于江苏高等法院看守所。

此时，沈谱正就读于南京金陵女大化学系三年级。得知父亲因抗日救国而身陷囹圄，沈谱冲破重重阻碍前去探监。望着父亲书写的、悬挂在狱室墙上“还我河山”四个刚健的大字，沈谱受到极大的鼓舞，她在狱室门前与父亲合影留念。这张合照既表达了对父辈爱国精神的敬仰，也表达了对当局“爱国有罪”的无声抗议。

《良友》画报第 129 期的显著位置上，刊登了一组“七君子”狱中生活照，署名中外社摄，四幅照片分别是狱中合影、唱救亡歌曲、潜心学习和沈钧儒先生在“还我河山”的大字下囚室独坐。

张在璇听母亲方淑敏说过，七君子入狱后，她和丈夫张孝通曾经两次去苏州狱中看望沈钧儒。张在璇说：“当时，若不是亲属是不能探监的，而担任中外新闻学社摄影记者的舅舅小方，极有可能随行拍照。今天我们看到的、署名中外社的照片，有沈钧儒在狱中的内容，应该就是小方拍的。”

这一说法，在我见范苏苏先生时，也得到了肯定。他认为：“小方一定会随着姐姐、姐夫去探监。对于这样一个轰动中外的大事件，加之亲属关系，以他的进步思想和正义良知，是绝对不可能袖手旁观的。”

七君子组照一开始由中外新闻学社保管。抗战全面爆发以后，中外新闻学社从天津转入山西，更名为全民通讯社。照片也随社长李公朴一路转移。后来李先生遇刺，家人在遗物中发现了这些宝贵的影像。1959 年，李公朴家人将悉心保管的七君子照交给国家博物馆收藏。

1937 年 9 月 30 日，《大公报》刊登了小方的战地通讯《平汉线北段的变化》。自此，张孝通每天下班后都去买一份报纸，连续买了三个月，直到小方的文章不再出现。

时间过了许久，小方依然音信全无；有人说在山西太原见过他，也有人说被日本兵逮捕入狱，这些传言始终无法确证。1938 年后，张孝通离开上海，随机关走陆路去了重庆，方淑敏则带着女儿张在娥姐妹回到了北平家中。

一年后，沈谱大学毕业回到重庆，在邹韬奋先生的介绍下认识了范长江，两人很快从相识到相恋。

1940 年 12 月 10 日，沈谱和范长江在重庆良庄举行了简朴的婚礼，婚礼由父亲沈钧儒主持。李公朴、周恩来到场祝贺，邓颖超因病未出席但也送来了情真意切的贺词。

“未做一件新衣裳，未添置一样所谓新房铺设之家具。小妹与长江均穿蓝布大褂，于襟上系一花为志。”沈钧儒在向家人介绍婚礼的信中写道：“任何仪式皆删除，没有鞠躬，没有婚书，没有交换戒指，没有主婚证婚介绍等人名称，亦没有发帖请酒。”“仅备一条八尺长的宣纸，请来客签名证明结婚，到二百五六十人。”

“范长江与堂姐沈谱结婚，便成了我的堂姐夫。”美籍华裔作家，翻译家沈苏儒之子、沈钧儒之侄沈宁回忆到此，感叹道：“当年他们一起在前线采访报道，以及小方失踪后写文章纪念他的时候，姐夫却没有想到他会因为结婚而与小方成为亲戚。”

与范长江成为亲属，小方当年一定也是预想不到的。

后来，张孝通一家在重庆再聚时与沈钧儒住在一起，沈先生在楼上，他们在楼下。至今，张在璇还记得，周恩来曾多次前来看望沈钧儒。小轿车停在门口，他们兄弟姐妹几个孩子就钻到车里，摆弄收音机的旋钮，觉得好玩儿极了。在那里，他也多次见过范长江。据母亲方淑敏说，在小方失踪的这件事情上，长江觉得有些不好意思，总说是自己没有照顾好他。

青年记者协会的一份报告中提及，“保定战役时，战地记者方大曾为了写《永定河上游的战争》一文，于保定失守后退至蠡县，仍向后方来信说：将继续北上，以达成最初的决定。这位可爱的新闻战士最后失踪。”

范长江在《忆小方》《未完成的杰作》《祖国十年》等文章中多次写到这位“头发带黄，斯拉夫型”，从战友变成亲属的小方。他主编的《卢沟桥到漳河》《西线风云》等书中，特意选用了小方的多篇通讯作品。除去欣赏和敬佩，这种做法或许是在告慰他们之间这种不期而遇的亲情。

旧年拾零

经常有人这样问我，小方有女朋友吗？怎么说呢，据方澄敏讲，有很多女孩子喜欢他，愿意听他说话，一起出去郊游，但从迹象上看，又没见哥哥跟哪位走得更近些。

整理方大曾私人照片时，我几次见到黄淑清的身影，前后跨度差不多十年，看得出她与方大曾、方澄敏兄妹从小就熟悉，留下不少闲暇时光的合影。其中一张，是她与小方骑着毛驴，在初冬的北平郊外拍摄的。开始我并不知道这个女孩是谁，还是在整理方澄敏遗物时，看见底片袋上几个小字“小方与黄淑清”，才算找到答案。

黄淑清和小方是中法大学同学。她的四姐黄淑慎是网球和标枪运动健将，四姐夫是清华大学萨本栋教授。可能受姐姐影响，她的网球水平颇高，经常参加各种比赛。

她性格开朗，与方德曾等同学在北平附近郊游，骑驴去明十三陵，坐火车去门头沟，小方用相机记录了那些欢乐时光。

印象里，我是通过北京大学徐泓教授联系到孙仁先的，她是黄淑清的女儿，和徐教授自父母一辈相熟。

我把黄淑清和小方各自骑着毛驴并行的照片传给孙仁先，还寄去了《方大曾：消失与重现》《方大曾：遗落与重拾》。没多久，她写来长信一封，回忆梳理了母亲的一生，由此黄淑清的人生经历随之浮出水面。

冯先生：

拜读了大作，深为杰出的战地记者、天才摄影家方大曾的事迹感动，也为妈妈黄淑清有这样的同学而骄傲。同时对你20年坚持不懈寻找方大曾的执着感到敬佩。

我知道你也一直在寻找小方的同学，包括我母亲黄淑清，可惜她已辞世多年，无法为你提供更多的线索和资料。我们对母亲在中法大学的情况过去知之甚少，你的书让我们对她的学生时代增加了许多了解，获益匪浅。还得到了她那时的几张照片，非常珍贵。谢谢你，当然更得谢谢摄影的方大曾。

在信里，孙仁先介绍，中法大学期间，母亲作为北平市代表队参加了三届华北运动会、一届全国运动会，还参加了第十届东亚运动会的预选赛。除了上课外，她的时间大多花在体育运动上，参加政治活动不多。1935 年 6 月从中法大学毕业后，她去了河北正定师范学校任体育和音乐教师，据说，从此以后，她再没见过小方。

卢沟桥事变后，黄淑清关心华北前线的动向，她看到过小方发自抗日前线的报道，并为他担心。

“那些女孩子家境都很好，他就是一个穷学生，”方澄敏曾对我说，“何况他整天介东忙西忙，也没有那份闲心。”

再后来，黄淑清与美国普林斯顿大学回国、研究化学动力学的孙承谔相识结婚去了昆明。孙在西南联大任教授，黄到西南联大附小当了体育及音乐教员。

抗战胜利，黄淑清一家回到北京。此时，小方已失踪多年。1951 年北京市科学技术普及协会成立，她应聘就职，成为新中国第一批科普工作者。

> 我母亲她曾经提到过“小方”，是大学的好朋友，英俊，是个积极倾向进步的同学。我二哥说，妈妈曾说她一大学同学牺牲了，不记得说名字，并说她当时要去找他也可能不在了。（孙仁先微信 2020 年 1 月 1 日）

1997 年黄淑清因病去世，享年 82 岁。

2020 年 1 月 9 日，在《早些归来早些眠》新书发布会上，我与孙仁先见面了，她毕业于清华大学水利工程系，已退休。或许是遗传了母亲的运动基因，她 20 世纪 60 年代大学期间创造的首都高校

小方的外甥女张在娥（左）与黄淑清的女儿孙仁先，相聚在《早些归来早些眠》新书发布会

女子铅球纪录，直到 1983 年才被打破。

同时，我还约了方大曾的外甥女、方淑敏和张孝通的女儿张在娥。因为上一辈人的关系，她们虽初次相见毫无违和，叙谈合影亲切得很。这样的场景，恐怕小方和淑清未曾想到过吧？

孙仁先告诉我：“母亲年轻时活泼、热情、好玩，好运动，学习不错，也挺漂亮，她当时应该是有选择的，但最终也许是家庭社会环境，或许自己思想的局限，或是自己的愿望，还是接受了萨本栋和她四姐介绍，与我父亲孙承谔结婚了。所以仅从照片也能看到，妈妈和小方是好同学好朋友，但其他我们都不能确定，母亲去世了，很多故事也就带走了。”

有空来桐城喝杯酒

2005年9月24日，所巨兄病逝，享年58岁。当时，我在澳门驻站，正紧张地筹备第四届东亚运动会的报道工作。因不在内地，消息来得稍迟，约半年后，才确切了这件事情。伤感之余，憾意袭来，寻找小方，我们之间的一个约定，永远无法实现了。

1993年7月，我受命前往安徽桐城拍摄一期《神州风采》。桐城是文章之都，在清代曾独领文坛风骚200余年，涌现出方苞、姚鼐、刘大櫆等名士，号称“桐城派”。文章甲天下，冠盖满京华，便是桐城历史上文运昌隆的写照。

那时，我二十出头，正是迷离在文学梦里的年纪。虽刚漂北京，四面楚歌，意气却也风发。合作拍摄的人当中，有两位我印象深刻，一位是清代“父子双宰相”张英、张廷玉的后人，有仙风道骨气质的张泽国，他是桐城博物馆的副馆长。另一位是诗人陈所巨，第一届中国“青春诗会”17位代表之一，与舒婷、顾城等人齐名，绝对

“小城中的巨笔”，让人肃然起敬。

世界就是这个样子　一瞬间的样子
我不知道的事情太多
没来得及逃走的更多
因为是在冬天　因为水
已经透明而坚硬

陈所巨《一种不明了的回顾》节选

所巨兄当年四十五六岁的样子，憨憨的，乐乐呵呵的。他外表下冷静的清醒，是我后来在他的书里读出来的。他说话时，嘴角带着笑容，对我这个初出茅庐的小字辈十分客气，没有一点大诗人的架子，或者说是傲气。

相处的四五天中，我们一同去了龙眠山、嬉子湖，拜谒了戴名世的墓，还去了邻县怀宁，到过小吏港和皖河。据说，当年皖河边上有许多烧瓷的土窑。我的书房里一直保留着当时在皖河边捡回来的瓷片，这些瓷片成了我今天回忆桐城之行的最好纪念。

一路上，所巨兄给我讲了许多文坛逸事，还带我吃了著名的虎皮辣椒。在焦仲卿、刘兰芝墓前，我掩面流泪，他轻拍我的肩膀，像安慰一个失恋的兄弟。

短短的几天，我们或笑或骂，十分快活，得意处所巨兄开怀大笑，像个小孩子。那一刻我断定他是个内心极纯净的人，没有半点雾霭，不屑于蝇营狗苟，有真君子之风。

气纯神定的人，总让人乐意接近，何况所巨兄天趣随性，又无城府，似老顽童呢。

离开桐城前，所巨兄邀我一定要到家里坐坐，喝杯水酒，我欣然接受。

后听泽国讲，知道我是回族，吃饭那天的一早，所巨兄就跑到桐城的清真寺，买了新宰的黄牛肉。

记得当晚喝了许多酒，大家都很高兴，嘻嘻哈哈的，说了什么，不记得了。印象里，我迈着醉步，随他们又去听了黄梅戏。

拍摄任务结束，离开的时候，所巨兄塞我一包路上的吃食。他拉着车门，还是笑呵呵的，用略带安徽口音的腔调说："有空来桐城喝杯酒啊！"

那时候，打电话不方便，就写信，通过几封。后来我居无定所，东奔西跑的，慢慢就少了。

大约两年之后，所巨兄来北京办事，在文化部招待所我俩彻夜长谈。临别他还是那句话："有空来桐城喝杯酒啊！"

2023 年的一天，我乘车路过原文化部所在的五四大街，这里和多年前已大不相同。我努力找着，当年招待所所在的院子还在，不知道那防空洞改成的招待所是否还在？

之后，我和所巨兄没见过面，通过几次电话。知道我在寻找方大曾，他兴奋、不假思索地要给我当撰稿，管吃管住就行，劳务看着给。当时，整个剧组只有一万块钱，费用拮据，除了司机和摄像，我包揽了余下的行当，还贴上了个人工资。

这个窘境，不知该怎样对激动的所巨兄讲？敷衍几句，说正在筹备，一有消息就告诉他。末了，他还嘱我别忘了，说也想为方大曾做点事。

2002 年 6 月，我被中央电视台派往澳门工作，一去五年，也断了和他的联系。

我从人们回忆他的文章中得知，他早在 2003 年时就预言自己活不过 60 岁，恍惚间我想起自己也听他说过，要加紧工作，争取多留些文字在世上。他在肝癌晚期接受救治的日子，还出版了数十万字的长篇小说《父子宰相》以及电视剧本。

我像所有人那样　获得

阳光的赞赏　也像所有人那样

获得霜一样薄薄的机遇

一种不明了的回顾

让我明了人生的最初状态

我在你的心里的影子

只是那一瞬间薄薄的永恒

陈所巨《一种不明了的回顾》节选

未能与所巨兄合作成了我永久的悔

没想到，一瞬间竟成了薄薄的永恒，但所巨兄在我心里的样子，始终是我们最初见面的状态。

对不起，所巨兄！没能一起合作，是我永久的悔！

得知所巨兄离世的消息后不久，我给张泽国兄发去短信，请他给我找《父子宰相》——所巨兄最后的绝笔。他回复我：老弟，书我给你找，但你一定要来桐城，好吗？

我想，找时间要去趟桐城，去看看所巨兄在龙眠山里的墓，去看看想念的老朋友泽国和那座不知道今天变成什么模样的小城。

所巨兄，你想喝什么酒？在梦里告诉我，老弟带上。去桐城看你的时候，我们喝上一杯！

波哥

波哥喜好美酒美食，澳门人都知道。驻站的时候，我们经常见面，在各种场合推杯换盏、嘘寒问暖，不过因彼此繁忙，并没有过深的交往。直到我离开澳门多年，他看到《方大曾：消失与重现》之后，我们才渐渐热络起来。

波哥大号陆波，长我 20 岁，高中毕业从美术编辑、排字工、新闻记者做起，勤恳几十年，一直做到《澳门日报》社长、澳门新闻工作者协会会长，先为全国政协委员后任全国人大代表。在澳门，被称为哥是很有牌面的事，只有受人尊敬才有如此称谓，比如曾经的特首何厚铧即被尊为铧哥。

对于小方，波哥推崇备至，这源于波哥也曾摆弄过相机，当过摄影记者，深知照相术的门道。看到小方拍摄的黑白照片，波哥发出啧啧赞叹，他惊讶方大曾摄影技术的高超，钦佩他的勇敢和才华。他也惊讶于我会耗费如此多的韶光去寻找这位中国战地记者的先驱。

与方汉奇先生见面是波哥期待已久的

“我是新闻记者出身，雪松送我这本书，一看就感动，还一直放在案头，有空就翻。”波哥接受《大公报》采访时说：“几十年前，就有这么一个人，为追求，留下了中国不能遗忘的历史；为理想，献出了年轻的生命。战火中，突然失踪，至今无消息。”“今天，小方重新展现在世人面前，让我们知道新闻前辈曾经做出过的贡献，我们要珍惜这位前辈为新闻事业的无偿付出，无私奉献。这种精神，是荣耀，是丰碑。”

波哥认为：“他的无偿付出，他的报道和照片确实有专业高度，数十年前就能达到这种水平，对现在新闻工作者是一种激励。当时的环境和条件没有现在好，他能做出这样的贡献，绝对不简单，方大曾是抗战史和新闻史尚未发掘的一座宝藏。”

波哥是《方大曾：消失与重现》一书的重要支持者。他把这本书推荐给澳门的新光书店和文化广场销售。在他的推荐下，这本书的繁体字版由澳门笔会和澳门日报社出版发行，小方的故事传播至港澳台地区及东南亚。他还向参加第 21 届海峡两岸大学生新闻营的台湾师生每人送上了一本书。他常说，小方这样一个人物，可以成为连通海峡两岸和各地华人的一个桥梁，能凝聚八方华夏子孙的爱国情怀。

2015 年全国两会上，他联合澳门多位代表提案以官方名义纪念小方。

他在《新闻追求 丰碑永存》一文中写道：一种激励，一种责任，使我不得不拿起笔，为小方做一点后辈应该做的事，为小方向人大会议写了一份建议。重点有三：一是希望为小方“正名份”，让这位抗日战争的第一位战地记者享有应得的政治地位；二是希望在全国范围内，全面发掘和搜集我国新闻事业发展的相关资料，丰富我国的新闻史；三是建议设立中国新闻历史博物馆，让丰碑永存，永昭后世。

此后三年，波哥每次来京开会都要与我小聚聊聊方大曾，总惦记着再为他做点什么，他还几次邀我去澳门办讲座或读者见面会。

2016 年我陪他去保定拜谒方大曾纪念室，他写了《方大曾纪念室铭记抗战史》；2017 年他与澳门全国人大代表再度倡议授予方大曾革命烈士称号；2018 年我与他一同拜访方汉奇先生，求证方大曾的历史功绩和地位，他写了《新闻泰斗谦厚求实》。他还在自己开了二十年的《澳门日报》“闲话风情”专栏中，用西门公子这个笔名，写了一篇更接地气的文章《消失重现方小子》。

每次我都忍不住谢他。“该谢你才是”，波哥老是摆摆手，温和的面容显露出自谦：“我是站到了你的肩膀上！”

抗战胜利 70 周年前夕，波哥以澳门新闻工作者协会的名义联合澳门青年协会举办了方大曾作品展“为了正义与良知”，时任特首和许多头面人物赶来捧场，花篮紧簇人头攒动。想不到小方在澳门会有这么多的知音，此情此景让作为嘉宾的张在璇、陈申和我备受感动。

现场展示的还有《方大曾：消失与重现》繁体字版，观众人手一册图书排队请我签名。波哥也在一旁帮忙招呼着。后来他们告诉我，两个多钟头差不多签了 500 本。

那一晚，波哥请来众多好友，拿出珍藏多年的茅台。不胜酒力的我只记得嘈杂中波哥大声地说：“我们大家为小方做的努力没有白费！”

老普

2020 年 11 月，张保田先生微信联系我，说要到保定去开一个会，打算专程到方大曾纪念室看看。我说好，马上联系了孙进柱接应他。

我和张老师虽都在“方大曾朋友圈”的微信群里，却始终没有见过面。能够相识，应该感谢小方给的缘分，因为他当年拍下的长城景观，让身为中国长城学会理事的张保田兴奋不已，并发下宏愿，把那些照片里的拍摄地一个一个找出来。

2007 年 6 月 5 日上午，北京八达岭，张保田和同行者王建军一路走走停停，拿着手里的资料反复确认。在东经 116 度 0 分 20 秒，北纬 40 度 21 分 3 秒，海拔高度 720 米的位置，他们终于找到了小方 70 年前拍摄照片的准确地点。

他们这次为长城拍摄照片，对照的就是方大曾当年拍摄的长城照。“当年的景观近在眼前，就是这儿，”张保田抹了抹额头的汗水，长出了一口气。

方大曾在长城上拍摄过一张照片：前景是三个孩子席地而坐；他们每个人的身边放着一个篮子，前面一小堆，像是煤块，似乎是等待着买主的光临。圈内人称老普的张保田，利用他的长城专业知识，根据照片上呈现的单边垛口判断，这个场景应该是在八达岭。至于是哪一段，必须到现场实地观察。

通常长城墙体上都修筑垛口和箭眼，用以射击敌人和掩护自己。在北京地区，多数地段的长城城墙是双面垛口，如著名的黄花城，慕田峪等。八达岭地区则是单面垛口，即在面向关外御敌方向修筑垛口和箭眼，而关内方向只修筑较矮的女墙。对照小方拍摄的照片，可以清楚看到墙体右侧的单边垛口，因此右侧是关外御敌方向。墙体左侧是女墙，为关内防守一方。再根据长城攀缘上山的走势，推测是八达岭城关南侧，特别是左侧墙根下山石与墙体的交错，又一次成为寻找老照片场景的确凿证据。

在这一系列推论下，老普与同伴从南一楼开始攀登。从南一到南二距离很近，举步即到；南二到南三就拉开了距离。在南二楼到南三楼之间也发现一段疑似照片上的墙体，细致辨别后予以否定，但更加相信目标就在前面。从南三楼到南四楼攀登难度增大，距离长，坡度陡，骄阳当空，36 摄氏度高温下挥汗如雨。

时间接近正午，11 时 54 分，前方终于出现了与小方照片上完全重合的城墙曲线。

老普在长城寻找小方拍照的位置

这是一次成功精确的约会，既是在预期地点与长城的约会，也是穿过历史时空与当年站位在此的方大曾的约会。

老普感慨：“当年小方在此看到的是山河破碎，异族横行，人民流离，所能告慰的是，70 年后在同一地点，我们看到的是我族同胞及各国友人来瞻仰、游览我们的长城。”他说：“我用这种方式来寻找方大曾，表明我们没有忘记历史，也是在表达我们对方大曾的尊敬和纪念。”

从互通邮件开始，我和老普认识五年多了，我把能够找到的小方长城照，都提供给他。每次从长城归来，他都在第一时间向我告知收获，分享心得。想象中，精力充沛、思路清晰的老普应该跟我同样的年纪。不料，一次微信闲聊，他告诉我，“马上就快 80 岁了”。真让人一惊，真的吗？我没大没小聊了几年的人，竟大我 30 岁，想想有些失敬。

在摄影中，小事物可以成就大主题，法国摄影大师布列松认为，摄影作品承担着重要的社会责任，每个摄影师都应深具尊严感，都应意识到：无论一幅摄影作品画面多么辉煌、技术多么到位，如果它远离了爱，远离了对人类的理解，远离了对人类命运的认知，那么它一定不是一件成功的作品。正是由于拥有对人类的理解和爱，小方才会关注长城脚下逃荒的孩子，在他的镜头中，弱小的事物成就了伟大的主题。这看似不经意的着眼点，折射出小方的伟大。无疑，看到这张照片的人，都会和张保田一样被深深吸引和感动。

《方大曾：遗落与重拾》出版后，我把书寄给在海南琼海小区临时住所过冬的张保田先生。书中的资料是我找寻方大曾的最新成果，他看了也跟着一起兴奋。

> 第 328 页版图“少年小方在长城的眺望自拍照，他的背影如同帆影远去”是全书的最后一幅照片，照例我必须还原照片的拍摄历史，可是难度较大。大约一周时间不断分析思考，甚至有时晚间已经上床准备睡觉，可脑子里稍微有点想法又一骨碌爬起来开计算机找图片线索。失望多于成功，如是者再三，终于找到 80 多年前青年小方在长城上遥望的地点，如上图。下一步呢？回北京再说。也许我要回到那个点，去寻找远去的青年小方。（张保田 2018.3.10 微信）

后来知道，张保田先生是烈士的后代，曾在老乡家寄养，他一直说自己是“八路的孩子”。自 2000 年起，他开始参与长城公益保护和历史挖掘工作，二十多年间数百次前往抗日根据地，调查发掘抗战史迹，走访过平型关、驿马岭、阳明堡、神头岭、响堂铺、雁宿崖、黄土岭、东团堡、狼牙山等战斗遗址。他还自费前往山东、安徽、河南、山西、甘肃等省和自治区为抗战牺牲烈士寻找家乡和亲人。他以今昔对比的方式到长城实地拍照，直观记录长城的变迁。迄今为止，他已完成 2000 余幅长城老照片的收集、考证、研究工作。

2012 年的时候，张保田出版了专著《追寻远去的长城》，收录了老照片 580 余幅及现状对比照片 500 余幅。他告诉我，再版时一定要把新作《我站在小方站位的长城上》加进去。

She Waits

Eric Allen 微信里告诉我，他专辑的第一首单曲 *She Waits*（《她等待》）将于 2020 年 11 月 19 日发行，这首歌的灵感即来自方大曾。

我和 Eric 没见过面，确切讲，在听说这首歌之前并不知道他。一天，我几本书的英文版的责任编辑李莎莎告诉我，她的一位同事写了一首关于小方的歌要送给我，问可否把我的微信推给这位同事。当然没有问题，我回答。

开始我没当回事，因为之前也有人为方大曾写过歌，还做了广播剧的主题曲。

大约过了两天，我和莎莎讨论书稿的时候，突然想到了这件事，便告诉她，她的同事并未联系我，她说或许还没有准备好，她已经听了那首歌，写得不错，旋律也美。我让她给我先听听，莎莎想了想说，“还是 Eric 直接给你比较好”。

大约又过了两天，我收到了 Eric Allen 发来的歌词和录音小样。他告诉我，从我的书中看到方大曾对国家和人民的深情，以及其用照片捕捉情感的能力，这些都让他感动且震撼。小方的母亲和妹妹的承诺和忠诚也同样强大，她们执着地等待着小方的归来，不顾危险保护他的照片，以这种方式度过余生。她们的等待使人泪目，因此创作了这首歌。

她等我，不管白天黑夜，

穿着那件破旧褪色的白裙，

她期盼着有一天我会跨进那道门，

但她的日子已所剩不多，

她期盼着有一天我能回家，

就这样春去秋来，一载又一载，

绝望一点点将她蚕食……

扫码收听歌曲
She Waits

She Waits 是一首关于忠诚、渴望和爱的歌曲，Eric 把这首歌演绎得苍凉、孤独和眷恋。在北京初冬的氛围里，蓝调节奏水墨一般静静地散开，在脑海中渲染出离愁思绪，深深浅浅墨色浓淡。小方在眼前，方朱理和方澄敏在眼前，伸出手，我竟无力触碰到他们。唯有一滴掌心上冰冷的泪证明，此刻，Eric 和我都真真切切地看见了他们。

未曾谋面的美国朋友 Eric Allen

从李莎莎那里得知，Eric Allen（艾力克·阿兰）任中国外文局新世界出版社的美籍审稿专家多年，也是活跃在中国的一名蓝调歌手，是蓝调摇滚乐队 Woodshed（柴房乐队）的主唱。他在酒吧驻唱，在音乐节演出，将许多经典和原创的美国蓝调、西部牛仔音乐带给中国听众。他参与审读了我撰写的《珍藏方大曾——战地记者的光影故事》《方大曾：消失与重现》《方大曾：遗落与重拾》三本书的英文版。书中，方大曾的母亲和妹妹对于在战乱中杳无音信的亲人深切的期待，深深地打动了他，激发他写下了歌曲 *She Waits*。

“She” 的主要代表人物是方大曾的母亲方朱理，也包含他的妹妹方澄敏。她们都在“等待”方大曾的归来，特别是他的母亲一直抱着这种希望等到了最后一天。

“您的书中有一段话说：每有院门的响动，她都会投去一缕希望的目光，” Eric 在往来的微信里告诉我：“*She Waits* 是从方大曾的角度写的，因为实际上是他在跟我们说话，并向我们讲述这个故事。我选择将他的母亲作为这首歌、这个故事的焦点，是因为她这种始终相信儿子会回来的信念打动了我。方朱理拒绝放弃，是出自一位母亲的爱，即便她显然知道儿子已经永远也不会回来了。”

“我可能并没有和 *She Waits* 这首歌的故事类似的生活经验。”在创作后记里，Eric 表示：“我两岁时母亲离开了我，这似乎与方大曾的母亲相反。我在写 *She Waits* 时并没有考虑到这一点，但是，在潜意识里，方大曾母亲对儿子的无尽信念强烈地触动了我的内心。”

She waits，and she waits for me，and she’s fading …… 透过 Eric 独特的烟嗓，小方和母亲的故事被带向远方。英雄无国界，大爱无边界。

我曾带着方大曾的书稿在纽约百老汇门前流连，在布拉格酒店里打字，在威尼斯贡多拉上望海沉思，在华沙肖邦雕像前叹息，如今，这些地方将被歌声覆盖。

此刻，我不再孤独，忧伤以淡然幻化成了幸福。

谢谢你，Eric Allen，我至今还未曾谋面的朋友。未来的日子，我们一起等待吧！

我是小方

2021年，为庆祝中国共产党成立100周年，湖南卫视计划拍摄《理想照耀中国》系列短剧。有领导指定，其中一集要拍方大曾，于是我收到了湖南卫视发来的邀请我担任历史顾问的函。

实话说，抵触是第一反应。湖南卫视以娱乐见长，我生怕拍走了样，如若变成了民国公子哥，那还不如让这段故事沉睡在无人知晓的历史中。

看我不太积极，制作方辗转找了关系来谈，并保证以严肃的创作态度还原这段故事。

在光华路温特莱中心的咖啡厅，面对导演和制片，我讲了寻找方大曾，讲了小方的故事，如同一个把孩子送到幼儿园的家长，松手前还不忘跟老师嘱咐再嘱咐。

“谁来演小方？”我问。

“目前定的是吴磊，”导演说：“不过，拍定妆照时，还要听听您的意见。”

“吴磊是谁？”多年不看电视剧，我已不熟悉年轻一代的演员。

“童星出身，演过很多戏，吴磊是年轻的老演员，”导演说。

不久，我收到了制片人发来的试妆照。眼前，学生模样的小方，记者模样的小方，战场中的小方，在服装道具的配合下由吴磊一一呈现。轮廓和眉目间，不同年代的两个人似有重合，干净的青春气是共通的。放大细看，妆容自然，他们是用了心的。

通过制片人，我将自己对方大曾的理解发给吴磊，希望有助于他对角色的把握。很快，吴磊留言发来：“请转告冯老师，我一定认真演好方大曾这个英雄前辈！”

开拍在即，制片方邀我去海南外景地，无奈，我刚接了中央广播电视总台组建黑龙江总站的差事，未能成行。

他们要在30摄氏度的地方，拍零下30摄氏度的绥远，还花费了大量的时间在滩涂上挖筑工事，排布了不少扮成晋绥军的兵士。

为了诠释好角色，吴磊套上全身冬装，热得大汗淋漓，差点出了痱子。

故事自绥远抗战起，卢沟桥事变后终，从1937年初到年中，缩写在半小时的篇幅里。导演尝试一镜到底的拍摄方式，可能受了电影《1917》的影响。

主场景是绥远前线、北平街头、方大曾家和宛平城，人物是方母朱理、方妹澄敏、同学、军兵若干和一群游行的爱国青年。内容

《我是小方》吴磊定妆照

也简单，随着方大曾的采访线一袭下来，没有蔓枝细杈，片名定格《我是小方》。

这次拍摄，对于吴磊，或许是转型的开始，对于小方，是进一步走向公众的开始。不同时代的两个人，是否能够成就彼此？

“方大曾是一个有强大内心力量的人，”饰演这一角色后，吴磊说：“我希望自己能够成为像他这样敢做敢拼的一个人！”

半小时的篇幅不长，一边看一边想，我的思绪随剧情奔涌，忆起自己寻访时的筚路蓝缕。忽然，吴磊变成了小方，转瞬，小方又成了吴磊，一帧帧画面的背后，我看到了自己的孤独求索。

何蓝逗扮演的方澄敏，陶红扮演的方朱理，在交错叙事中，助推了小方在民族危难面前，面对家与国、亲情与责任、道义与良知的选择。

片尾，现实中的朱理和幻想中的小方，在协和胡同相遇，实与虚的对视，盼与归的碰撞，慢慢归于平静。无声的胡同，空寂的板凳，一张寄自前线的照片，留下了空空的回想。

“这个小片您一定是不满意的，”制片人说：“周期太紧，来不及细打磨，将来再合作，弥补遗憾。”

如果，再仔细点，零下 30 摄氏度的绥远，把地上的泥水换成冰，那样就会更真实一些。

其实，没有戏说，我已经很满足了。起码，又有很多的人认识了小方。起码，这一结果，能够给天堂里的方澄敏以慰藉。

总有一天，小方的经历会拍成大电影，被谈论，被传颂。那时，正义和良知回归社会的正轨，人们内心朴素充满阳光。而今，方大曾现象只是刚刚开始。

如果没有人来幻想明天花儿会开放

就不会有人拼尽全力播种下希望

如果没有人来相信明天繁花似海洋

就不会有人跟随跋涉百年的茫茫

回首望

路遥遥

多少行囊没了主人

抬头看

路漫漫

理想依旧耀前方

此时，耳边《理想照耀中国》的主题歌响起，“稻菽千重浪”“英雄下夕烟”的悲壮再现。回望20余年的寻找，与小方同行，欣见更多友人无悔加入，正义之歌汇成合唱。前程路远，朋辈自强，为了正义与良知。

后 记

几句话

这是一本叙事随笔。疫情、工作变动打乱了我的计划，写作时断时续，交稿时间一再拖延。感谢新世界出版社的包容，终于在年末完成了作业。

在哈尔滨三年余，并未与小方分开距离，此关联，一生一世，没有改变。无论浓郁抑或淡远，文中的人或事不曾渲染，我只是把所见所闻，所想所感老实交代。

书不长，写得却挺累。尽管还不到写怀旧文章的年纪，想想从前，还是拉拉杂杂的。好在没有糊涂，在耐心有限的碎片时代，尽量写短，避免挨骂。

50余篇，其实比原来构想的少了多半。寻找方大曾，一路上的人和事，可写可表的确实不少，思来想去还是主干为先吧。至于枝杈和叶子，留待老了以后慢慢回忆。

这本书文章之间没有必然的联系，可彼此支撑又能独立成章，可以从前往后读，也可以从后往前读，既可溯源，亦可寻根。

这本书是《方大曾：消失与重现》《方大曾：遗落与重拾》的幕后，想说的，未说的，不能说的，都说道说道。

这本书里，我是配角是布景，贯穿整剧衬托着主角主题；是药引子，勾连出一个个可爱的人跟动人的事；想告诉你，是他们把一路荆棘变成了花朵。

如果常觉得四处尽是黑暗，那是因为你心里缺少一盏灯。

感谢小方，在一路同行中，教会我家国之重，个体之轻。

伴随着昨夜哈尔滨的一场雪，我插完了书中的最后一张图片。小方母亲的落寞期待提醒着我，寻找方大曾的路还长，此时并非终点。

记得赶往长春看话剧《消失与重现》，一路上是阴沉的天和绵密的雨，心想，室外演出怕是无法进行了。这个担心到达酒店还一直悬着，小方和雪松是要在湿漉漉中相见吗？

直到开演前的一小时，雨停了，天晴了，两条彩虹由淡渐浓相依在半空中，像带着水汽般明亮。举头望，热泪涌出，眼前的景象，是对一路相随的奖赏吗？哪一条是小方，哪一条是我？

敢于掏出灵魂晾晒的人，值得我们以生命交托！

与小方同行 25 年，小冯已经变成老冯，小方依然是小方。路还长，希望有小方感召，希望有彩虹相随，老冯不老，小方长青！

自 2017 年起，新世界出版社先后出版了《方大曾：消失与重现》（中文版）、《方大曾：遗落与重拾》（中文版）、《珍藏方大曾：战地记者的光影故事》，还推出了《方大曾：消失与重现》（英文版）、《方大曾：遗落与重拾》（英文版）以及“寻找方大曾二十周年”中文纪念版。实现了《方大曾：消失与重现》《方大曾：遗落与重拾》韩文版、印地文版、英文版、土耳其文版的版权输出。

对于方大曾精神和事迹的推广，新世界出版社的朋友们做出了卓越的贡献。他们用高尚的情怀，世界的眼光，专业的素养，为小方赢得了广泛知音，获得了国际声誉。他们是与小方同行忠实的朋友。

祝愿新世界出版社越办越好！

书中的图片来自刘唯鹂、冯瑞濠、孙楠、李刚、王昱、潘小艺、严冰诸亲友。成书过程中，责任编辑莎莎的细心印象深刻，一并致谢！

2024 年 12 月 29 日　哈尔滨

附 录

方大曾生平及研究年表

1912 年 7 月 13 日，生于北京。

1929 年 8 月，发起组织青少年摄影组织，创立“少年影社”，举行过公开展览。

1930 年，考入中法大学经济系。

1932 年初，参加学生爱国游行被捕，由此被中法大学降级一年。

1935 年，中法大学毕业。

同年，到天津基督教青年会工作，与吴寄寒、周勉之等人成立“中外新闻学社”。“一二 · 九”运动后，参加“中华民族解放先锋队”（简称“民先”）。

1936 年，邀高尚仁（北平基督教青年会负责人）看斯诺访问陕北延安革命根据地拍摄的照片。夏天到天津《大公报》联系发稿事宜。

1936年6、7月间，方大曾经山西前往绥远，后完成了《从大同到绥远》一文。

1936年11月8日，在北平写成《宛平之行》采访记。

1936年11月23日—28日，到河北唐山、昌黎等地采访冀东伪政府辖区，写成《冀东一瞥》。

1936年12月初，离开北平到绥远前线进行了长达43天的抗战初期著名的“绥远抗战”采访，拍摄了数百张照片，写成《绥东前视察记》等战地通讯，期间，与著名记者范长江相遇。

1937年7月10日，离家前往卢沟桥采访七七事变。7月23日由北平寄出《卢沟桥抗战记》。

1937年7月28日，在卢沟桥与范长江再次相遇，并结识陆诒、宋致泉。

1937年8月，经范长江介绍，开始担任上海《大公报》战地特派员。

1937年8月中旬，由平汉线转至山西在同浦铁路沿线进行采访。

1937年9月18日，从河北蠡县寄出《平汉线北段的变化》一文，为方大曾最后消息。

1937年9月30日，《平汉线北段的变化》在《大公报》发表。

1994年12月，台湾《摄影家》杂志第17期推出方大曾专集。

2000年11月8日，中央电视台播出纪录片《寻找方大曾》(导演、撰稿　冯雪松）。同年以小方摄影和通讯报道为主的同名书籍由中国摄影出版社出版。

2002 年 7 月 1 日至 9 日，《追溯——方大曾摄影作品展》在成都举行，106 幅照片与公众见面。

2006 年 3 月 16 日，方大曾的亲属将其 837 张底片捐赠中国国家博物馆。

2012 年 7 月 13 日，央视网举办方大曾诞辰 100 周年纪念活动。

2014 年 10 月，《方大曾：消失与重现》由上海锦绣文章出版社出版。

2015 年 5 月 25 日，中国记协组织召开冯雪松追踪采写方大曾事迹座谈会。

2015 年 6 月 29 日，香港大公报“一份报纸的抗战”论坛，冯雪松应邀发表主旨演讲《伟哉大公报　壮哉方大曾》，张在璇先生一同出席。

2015 年 7 月 7 日，方大曾纪念室在保定光园落成，方汉奇先生题匾。

2015 年 8 月 28 日，《为了正义与良知——七七卢沟桥事变战地记者方大曾遗作展》在澳门综艺馆举行，《方大曾：消失与重现》繁体字版同时首发，时任行政长官崔世安出席剪彩仪式。

2015 年 9 月 23 日，“方大曾校园行”公益计划在清华大学启动。

2015 年 12 月 5 日，北京大学举办“方大曾及抗战报人学术研讨会”。

2017 年 1 月，人民出版社出版《中国名记者》（第六卷），收录了《七七事变现场报道第一人方大曾》一文。

2017 年 5 月，《解读方大曾》由中国社会科学出版社出版。

2017 年 6 月，中国摄影出版社出版《中国摄影大师》，收录了《寻找回来的大师方大曾》一文。

2017 年 7 月—2018 年 8 月，《方大曾：消失与重现》《方大曾：遗落与重拾》《珍藏方大曾》由新世界出版社陆续出版，并实现了韩文版、印地文版、英文版、土耳其文版的版权输出。

2018 年 7 月 7 日，方大曾研究中心在保定市方志馆成立。

2019 年 7 月 5 日，“寻找方大曾二十年学术研讨会”在保定举行。

2023 年 3 月，方大曾人物词条入选《中国大百科全书》（第三版）。